Histoires extraordinaires d'animaux

Histoires extraordinaires d'animaux

Marie Vergès

Nouvelles
PGCOM Editions

A mon père, Claude, qui aimait et comprenait les animaux.

AILLEURS

Séverine expédia son petit déjeuner avant de foncer sous la douche et de crier à son fils de prendre l'argent de la cantine sur la table de la cuisine. Antoine s'assit tranquillement et remplit son bol de ses céréales préférées, il se rappela qu'il avait un contrôle de maths dans la matinée et qu'il n'avait pas révisé la veille. Il haussa les épaules, sachant qu'il se débrouillerait quand même pour avoir la moyenne. Sa mère était assez cool là-dessus, se contentant de jeter un coup d'œil à ses devoirs avant le dîner ; elle estimait qu'il était suffisamment autonome à onze ans pour faire son travail d'écolier. Séverine réapparut dans la cuisine, Antoine se dirigea vers l'entrée et mit ses baskets en vitesse pendant qu'elle râlait en découvrant qu'il avait oublié l'enveloppe. À huit heures vingt-cinq, elle laissa son fils devant le collège et repartit en trombe. Quand elle franchit la porte de l'agence immobilière à huit heures trente-sept, elle eut droit à une remarque acerbe de sa patronne et dut s'excuser platement, alléguant un problème de circulation qui ne convainquit personne.

Dans la résidence, juste au-dessus de l'appartement de Séverine, Totoche entamait son premier repas de fruits frais sous l'œil attendri de son père de substitution. Lorsqu'il eut fini, Michel ouvrit la porte de sa cage et l'oiseau vola jusqu'à un perchoir dans une partie du salon que son propriétaire lui avait aménagé. Au fond du parc de Totoche, un pan de mur recouvert de parquet flottant, moins fragile que du lambris lui avait certifié son copain du club des perroquets, de belles branches d'arbre mélangées à des cordes, filets et autres perchoirs occupaient un espace de huit mètres carrés. Son

9

petit gris, comme il l'appelait, était un perroquet du Gabon, réputé pour être le meilleur des oiseaux parleurs. Ils vivaient ensemble depuis près de vingt ans et entretenaient une relation intense et exclusive. Totoche fixa Michel un instant avant de lui lancer :

-Belle journée, colonel !

Puis il entama un concert de chansons sifflées en commençant par l'hymne national. L'homme sirotait son café tout en l'écoutant. Au bout d'un moment, il applaudit, signifiant à l'oiseau qu'il était temps d'arrêter, lui donna une friandise et se leva.

-Tu vas où ? fit Totoche

-Faire des courses. Je reviens vite.

Michel répugnait à le laisser seul et organisait ses sorties en fonction de son ami ailé. Dédaignant l'ascenseur il descendit alertement trois étages, puis traversa le parking d'un pas conquérant en saluant poliment un voisin. Ce dernier ébaucha un début de dialogue sur la météo, mais Michel Lacoste n'était pas du genre à se laisser retarder quand il avait un objectif en tête. Sa carrière de militaire l'avait formé et sans doute déformé dans ses contacts avec ses semblables. Il répondit brièvement sans s'arrêter de marcher et planta l'autre retraité en quête d'un interlocuteur plus compréhensif.

Antoine termina son contrôle de maths un peu en avance, il vit son copain secouer la tête d'un air découragé. Le prof s'était levé et marchait dans l'allée, il attendit qu'il lui tourne le dos pour passer son brouillon à Raphaël. Celui-ci se hâta de recopier les exercices sur une nouvelle feuille et faillit oublier de marquer son nom. La matinée commençait bien pour les deux garçons, l'apothéose arriva à midi trente devant le poulet frites de la cantine qu'ils dévorèrent en connaisseurs. Et puis on était jeudi et la journée terminait plus tôt, il allait chez son copain pendant deux bonnes heures. Les garçons se plongèrent dans un jeu vidéo de la Guerre des étoiles dès

10

leur arrivée, échangeant des commentaires brefs, mais enthousiastes. Les murs de la chambre de Raphaël étaient couverts de posters d'engins spatiaux et d'extra-terrestres ; Antoine, lui, dépensait tout son argent de poche en bandes dessinées de science-fiction. Séverine sonna à la porte un peu trop tôt au goût de son fils, elle prit un café avec la mère de son ami et invita Raphaël à venir le lendemain pour une soirée pyjama. De retour chez eux, elle prépara le dîner pendant qu'Antoine transpirait sur un exercice de Français, c'était loin d'être sa matière préférée et il voulait s'en débarrasser au plus vite. Séverine repensait à sa journée et à la réflexion préoccupante de sa patronne sur une éventuelle diminution de temps de travail. Elle arrivait à s'en sortir à peu près avec son temps plein et elle se demandait sur quoi elle pourrait encore économiser. Le père d'Antoine avait parfois du retard dans le paiement de la pension alimentaire et comme d'habitude c'était elle qui devait se débrouiller.

-On mange quand Maman ?

Elle était restée devant les échalotes, couteau à la main, sans les éplucher. Elle secoua les épaules, se concentra sur la recette et se rendit compte qu'il lui manquait un ingrédient.

-Antoine ! Demande à Mme Perrin si elle peut nous donner un œuf !

Son fils, qui adorait les tomates farcies faites maison, partit en courant sur le palier. La voisine était désolée, elle n'avait plus d'œufs. Antoine hésita avant de monter à l'étage au-dessus, mais ça faisait longtemps qu'il avait envie de voir le perroquet. La porte s'ouvrit sur le visage sévère de Mr Lacoste, derrière lui Totoche imitait le ding-dong de la sonnette.

-Qu'est-ce que tu veux, petit ? Le ton était plutôt sec.

Antoine répéta son histoire et ajouta que les tomates de sa mère étaient les meilleures du monde. Michel lui dit d'attendre et partit dans la cuisine, Antoine avança de quelques pas dans le couloir et aperçut un bout du parc du perroquet, il ne put aller plus loin, car son voisin revenait avec l'œuf emballé dans du papier journal.

-Votre perroquet, il vient d'Amazonie ?

-Non, du Gabon.

-Il doit bien parler alors, déclara le garçon.

-Tu connais les perroquets ?

Le ton de Mr Lacoste s'était un peu adouci. Antoine haussa une épaule ;

-J'ai lu un livre sur les oiseaux parleurs.

Il y eut un bref silence, puis Antoine le remercia et fit un pas vers la porte d'entrée. Son voisin se décida brusquement :

-Tu veux le voir ?

Le garçon hocha la tête avec enthousiasme. Il entra dans le salon et Totoche cria du fond de son parc :

-C'est qui ?

Michel lui dit d'avancer doucement pour ne pas effrayer l'oiseau. Totoche répéta sa question et l'enfant répondit :

-Antoine… Ouah il est beau !

Le perroquet se balança sur son perchoir quelques secondes avant de reproduire toute la phrase avec la voix d'Antoine. Ce dernier éclata de rire et Totoche l'imita en suivant. Michel prit l'oiseau sur sa main et caressa délicatement les plumes de son cou.

-Tu lui plais, on dirait, dit-il étonné en le reposant sur un filet du parc.

Antoine hocha la tête et demanda s'il pourrait revoir Totoche. Mr Lacoste acquiesça, dans un étonnant accès de sociabilité. Séverine apostropha vivement Antoine.

-T'étais passé où ?

-Chez Mr Lacoste. Il m'a donné l'œuf. La voisine en avait plus.

Elle était contrariée d'être redevable d'un service à quelqu'un qu'elle n'appréciait pas. Elle prépara son plat et mit une tomate de côté pour Mr Lacoste, se prouvant ainsi qu'elle était bien plus généreuse que lui.

Le lendemain elle arriva au travail à l'heure pile et lança un bonjour joyeux à sa collègue. La gérante n'était pas encore là et les deux femmes se mirent à discuter de la réduction des heures de travail. Sa collègue, de tempérament optimiste, ne semblait pas inquiète et Séverine retrouva vite le sourire. Son fils au même moment recevait son devoir corrigé de maths et se faisait traiter de tricheur par le prof qui lui colla un zéro, Raphaël eut droit à la même note et au même qualificatif et tous deux furent menacés d'être convoqués chez le principal. Heureusement la proximité du week-end rendit leur professeur plus indulgent, mais les deux copains, craignant que la soirée pyjama ne soit annulée, décidèrent de ne pas en parler à leurs mères. Séverine sortit du bureau de sa patronne complètement sonnée. Celle-ci lui avait proposé, ou plutôt imposé, un temps partiel de vingt-huit heures et lui avait rappelé qu'elle exigeait un certain rendement de chaque employé. Elle se retrouvait avec un salaire équivalent au SMIC et de nouveau les demandes d'aide sociale. Elle respira profondément pour se calmer et s'arrêta près du collège.

-Ça va mon lapin ?

Antoine hocha la tête avant de lancer :

-Raphaël vient à sept heures.

Séverine réprima un juron, elle avait totalement zappé la soirée pyjama. Elle réfléchit à toute vitesse au menu du soir et en conclut qu'il faudrait passer au supermarché. Elle laissa à son fils le choix de la nourriture, l'encourageant à prendre des produits surgelés ; Antoine, enchanté, fit le plein de hamburgers, frites, glaces et pop corn.

Mr Lacoste remarqua que Totoche semblait anxieux et tenta de le distraire avec des jeux puis des friandises. Mais au bout d'un moment, l'oiseau se remit à crier et à s'agiter, allant jusqu'à pincer le doigt de son papa. La patience de Michel était sans limites quand il s'agissait de son petit gris, il le remit dans sa cage et alla découper un fruit exotique dont le perroquet raffolait, continuant à lui parler de la cuisine. Qu'est-ce qui avait pu faire peur à Totoche ? Etait-ce le chien du voisin qui aboyait comme un fou dès qu'on le sortait ? L'orage qui menaçait ? Ou peut-être était-il malade ? Un frisson d'inquiétude le parcourut, comme à chaque fois qu'il envisageait d'aller chez le vétérinaire. Il revint au salon et donna les morceaux de fruit à l'oiseau qui se calma instantanément. Quand il finit son repas, il regarda Michel et hurla :

-Ils arrivent, ils arrivent !

-Qui arrive Totoche ?

-L'ennemi est là, colonel !

Il répéta les deux affirmations une bonne dizaine de fois avant de se taire. Son maître était intrigué, Totoche n'avait jamais assemblé ces deux phrases avant. Il ouvrit la cage pour le faire voler, mais le perroquet refusa de sortir. On sonna soudain à la porte et Totoche cria : « Antoine ! » Sur le palier se tenaient son petit voisin et un autre garçon à lunettes.

-C'est pour vous, de la part de Maman.

Michel remercia, vaguement ému, et leur fit signe d'entrer. Les deux enfants s'approchèrent de la cage :

-Salut, Totoche !

-Antoine ! Antoine ! répondit l'oiseau.

-Lui, c'est Raphaël

-Raphaël, répéta le copain

Le perroquet l'ignora et cria à Antoine :

-Ils arrivent !

Raphaël essaya une nouvelle fois de faire répéter à l'oiseau son prénom, mais sans succès. Antoine se tourna vers Michel :

-Faut qu'on y aille.

Les garçons s'endormirent vers une heure du matin après plusieurs parties acharnées du jeu vidéo Civilization beyond earth, ils n'avaient même pas eu le temps de regarder le DVD de la Guerre des Étoiles épisode 4 qui était leur préféré. Séverine ne trouvait pas le sommeil, tournant et retournant dans sa tête ses problèmes de travail. Mr Lacoste, couché à vingt-deux heures trente précises, dormait comme une souche. Ce fut le cri d'alarme prolongé de Totoche qui le réveilla en sursaut, il se précipita vers la cage et lui parla à voix basse pour l'apaiser après un rapide coup d'œil autour de la pièce pour s'assurer qu'aucun intrus n'était là. Le perroquet tapi dans un coin de la cage, plumes hérissées, se mit à grogner, signe qu'il était terrifié ; son œil fixait la porte-fenêtre du balcon. Michel continua à lui parler et entama une petite berceuse qu'il chantait quand Totoche était tout jeune, l'oiseau se calma peu à peu et il le prit dans ses mains avec précaution, l'embrassa sur la tête en le félicitant. Ensuite il lui donna une friandise et le remit dans sa cage.

-L'ennemi est là colonel ! déclara le perroquet

-Chut ! Dodo, mon Totoche !

Il attendit un peu à côté de la cage, se dirigea vers la porte-fenêtre et remonta à moitié le volet roulant électrique. Il regarda avec précaution de chaque côté du balcon, puis son regard se posa rapidement sur l'espace vert un peu plus loin. Il s'immobilisa alors, le corps tendu, et s'exclama :

-Nom de Dieu !

Séverine s'était levée, son insomnie ne passait pas. Elle fit un tour dans la cuisine, but un verre d'eau et regarda par les volets entrouverts : un magnifique croissant de lune brillait haut dans le ciel. En baissant les yeux, elle vit le bouquet d'arbres de la copropriété, baptisé pompeusement « parc », un genre de nuage flottait juste au-dessus. Étonnée, elle poussa avec précaution le volet et se pencha en avant pour mieux voir. Antoine entra à ce moment-là et elle poussa un cri.

-Tu l'as vu, Maman ? fit-il, excité.

-Quoi ?

-Regarde !

Il tendit la main vers la fenêtre.

-Je ne vois rien, dit Séverine.

Antoine l'entraîna vers le living pour aller sur le balcon, il scruta l'extérieur ; la nuit était assez claire et on voyait les contours nets des arbres derrière le parking. Après un moment, il soupira :

-Il est parti.

Il ajouta :

-C'est la lumière qui m'a réveillé.

Son excitation s'était accrue. Il tint un long discours à sa mère, lui affirmant qu'il s'agissait d'un OVNI avec une forme ovale, qu'ils existaient vraiment et avaient colonisé la terre des milliers d'années auparavant. Il fallait d'urgence faire une déposition à la gendarmerie. Séverine lui répondit que c'était probablement un phénomène atmosphérique et que les OVNIS n'existaient pas sauf dans les histoires de science-fiction. Elle dut se fâcher un peu pour qu'il regagne sa chambre. Raphaël ne s'était pas réveillé, assommé par un médicament qu'il prenait pour son asthme. Séverine resta seule dans le salon avec un sentiment d'angoisse qui lui nouait le plexus. À l'étage au-dessus, Mr Lacoste ne parvenait pas à se rendormir sur le canapé du salon, malgré le silence de Totoche.

Antoine avait réveillé Raphaël tôt, impatient de lui raconter ce qu'il avait vu. Après une longue série de ouah, Raphaël avait mitraillé son copain de questions et Antoine avait dessiné l'objet en mettant des lumières bleues de chaque côté.

-Y en a d'autres qui l'ont vu, tu crois ?

Antoine acquiesça gravement. Il avait entendu le perroquet cette nuit en se levant et pensait que son voisin avait assisté à l'envol de l'OVNI.

-Tu vas faire quoi ?

-Une enquête pour trouver des témoins. J'irai chez les gendarmes après.

Raphaël, enthousiaste, approuva et proposa son aide. Séverine émergea vers huit heures, les yeux gonflés et les traits tirés. Elle avait dormi à peine quatre heures, fait des cauchemars et était épuisée. Son fils l'attendait dans la cuisine, il avait préparé le café.

-Merci mon chéri !

Elle se doutait qu'il avait quelque chose à lui demander.

-Maman, je peux interroger les voisins pour savoir s'ils ont vu quelque chos cette nuit ?

-Non Antoine ! Tu ne vas pas les déranger et de toute façon, il ne s'est rien passé. C'est ton imagination !

Séverine était en colère, son fils ne comprenait pas pourquoi, en plus il trouvait injuste qu'elle ne le croie pas. Elle l'envoya à la boulangerie du coin pendant qu'elle commençait son ménage. Mr Lacoste écrivait le compte-rendu de l'incident avant de se présenter à la gendarmerie, il avait également dessiné l'objet de façon plus schématique qu'Antoine. Il était un témoin idéal au vu de sa carrière dans l'armée de l'air, c'était la première fois qu'il voyait un OVNI, mais il avait entendu deux de ses collègues en parler. Malheureusement à cette époque, personne ne les avait crus et ils avaient dû se taire sous la pression de leurs supérieurs. Il savait bien que cet objet n'était pas de fabrication humaine, ce n'était pas non plus un caprice de la météo. La vitesse incroyable à laquelle il était reparti et le silence durant la manœuvre le prouvaient. Totoche était calme et avait repris son comportement normal. Il se demandait ce qu'il allait cuisiner pour son déjeuner quand un léger ding-dong retentit ; il se tourna d'abord vers le perroquet puis vers la porte d'entrée. Qui osait le déranger à cette heure ?

-Bonjour Mr Lacoste.

Antoine le regardait avec un peu d'inquiétude, doutant que son voisin approuverait sa démarche. Michel s'était renfrogné, le garçon exagérait de revenir déjà voir Totoche !

-Je mène une enquête.

Mr Lacoste leva un sourcil.

-Avez-vous vu quelque chose d'inhabituel dehors durant la nuit ?

-Entre.

Après un bref bonjour au perroquet qui criait « Antoine ! », Michel fit asseoir le garçon sur une chaise de la salle à manger.

-Qu'est-ce que tu as vu ?

-Un objet volant de forme ovale avec des lumières bleues au-dessus des arbres. Je cherche d'autres témoins.

Mr Lacoste sourit, conquis par le sérieux d'Antoine et son esprit d'initiative. Antoine pensant qu'il ne le croyait pas s'exclama :

-Je vous jure que c'est vrai ! Je dormais pas !

-Je te crois. Je l'ai vu moi aussi !

Antoine se leva, surexcité, et décréta qu'il fallait faire un rapport à la gendarmerie.

-J'y vais ce matin.

-Je peux venir ?

-Demande la permission à ta mère d'abord.

-Maman, je vais à la gendarmerie avec Mr Lacoste ! Il a vu l'OVNI aussi !

Séverine posa son chiffon sur le buffet. Elle respira profondément pour ne pas se mettre en colère.

-C'est quoi cette histoire ?

Antoine lui raconta rapidement, mais sa mère lui interdit de sortir avec le voisin.

-Pourquoi ? C'est dégueulasse !! fit Antoine.

Il dut prévenir Michel qui attendait sur le palier, ensuite il rentra dans sa chambre en claquant la porte et téléphona à Raphaël.

Mr Lacoste sortit satisfait de la gendarmerie, avec le sentiment agréable du devoir accompli. L'officier qui l'avait reçu avait pris au sérieux son témoignage et noté soigneusement tous les

19

détails de sa déposition, il est vrai que sa carrière de pilote incitait à la confiance. Le procès-verbal serait envoyé au GEIPAN, organisme du CNES qui étudiait tous les phénomènes aérospatiaux non identifiés, et des enquêteurs de la gendarmerie viendraient interroger le voisinage dans la semaine. Il sourit en pensant qu'Antoine pourrait enfin témoigner et se gara avec difficulté entre deux voitures qui débordaient des limites de leurs places de parking. Il faudrait encore en parler au syndic de copropriété, les gens n'avaient vraiment aucune éducation ! Séverine qui l'avait vu, dissimulée derrière les rideaux de sa cuisine, sortit sur le palier et s'avança vers l'escalier, Michel arrivait déjà en haut des marches menant au deuxième étage. Elle l'interpella sèchement.

-Mr Lacoste ! Je peux vous voir une minute ?

-Oui. fit-il en avançant vers elle.

-Antoine ne viendra plus chez vous, dit-elle, catégorique.

Son voisin sembla surpris.

-Pourquoi ? Il y a un problème ?

-Je ne veux plus qu'il vous voit, c'est tout. Ne vous approchez plus de lui.

Elle se détourna et rentra chez elle, fermant la porte à double tour. Michel resta immobile une minute, stupéfait par ces paroles. Il se remit en marche en grommelant :

-Mais c'est pas vrai ! Qu'est-ce qu'elle croit, cette folle ? Que je suis un pervers ?!

Son visage avait rougi de contrariété. Ça lui servirait de leçon, il avait été trop gentil ! Les humains étaient finalement bien décevants. Il ressentit un petit pincement au cœur en songeant au garçon et à Totoche qui le réclamerait bientôt. Il s'interdit d'y penser davantage et se hâta de préparer le repas de son petit gris.

-Pourquoi je peux pas aller voir le perroquet ? cria Antoine.

Il continua, indigné :

-Il est gentil, Mr Lacoste ! C'est pas un…pédophile !

-On ne le connaît pas, coupa Séverine. Tu m'obéis !

-Tu veux jamais connaître d'autres personnes ! C'est toujours les mêmes qu'on voit !

Antoine s'étranglait devant tant d'injustice. Il avait raconté à Raphaël que son voisin avait vu l'OVNI et qu'il allait enquêter avec lui. Et puis il avait envie de jouer avec Totoche. Pourquoi sa mère était-elle aussi dure ? Le dimanche fut morose chez Séverine et chez Michel. Antoine fit la tête toute la journée et Michel n'arriva à se concentrer sur aucune activité, il avait réunion à son club d'oiseaux parleurs le mercredi soir et n'avait même pas envie d'y aller. Le lundi matin s'avéra difficile pour Séverine avec une migraine tenace et des rendez-vous avec des clients exigeants. Son fils fut heureux de retrouver Raphaël, mais son copain, déçu de la tournure que prenaient les évènements, ne lui posa aucune question. En plus, ils n'avaient pas encore parlé de leurs zéros en maths et s'attendaient au pire. Le mardi et le mercredi matin passèrent sans qu'ils se décident à avouer leur exploit. Antoine était plus aimable avec sa mère, il espérait toujours obtenir la permission de revoir Totoche. Séverine avait bien d'autres soucis en tête, son temps plein se terminait officiellement à la fin de la semaine et elle devait commencer les démarches pour les aides sociales. En fin d'après-midi, les enquêteurs de la gendarmerie passèrent dans la résidence pour trouver des témoins de la présence de l'OVNI. Séverine les reçut un peu fraîchement, leur disant qu'elle n'avait rien vu. Antoine se glissa à côté d'elle et dit :

-Moi, je l'ai vu !

Il alla chercher son dessin et raconta toute son histoire aux gendarmes dans le couloir.

-Il y a d'autres gens qui l'ont aperçu ? fit Antoine

-Un de vos voisins ici. Et trois autres dans les bâtiments à côté.

-Vous y croyez à cette histoire d'OVNI ? demanda Séverine, incrédule.

-Nous enquêtons, Madame. C'est le GEIPAN qui étudiera le dossier.

Séverine referma la porte en haussant les épaules, ils n'avaient vraiment rien d'autre à faire que de s'occuper de ces histoires ! Elle rappela à Antoine qu'il devait finir ses devoirs avant le dîner.

Mr Lacoste sortit de chez lui à dix-neuf heures quarante-cinq, il s'était fait violence pour assister à la réunion du club, mais il estimait qu'il fallait tenir ses engagements. Un spécialiste du comportement des perroquets avait été convié pour un petit exposé et cela l'ennuya, ils allaient encore terminer plus tard que prévu et ce soi-disant expert n'en savait certainement pas plus que lui. L'orateur, après une brève description de la psychologie des perroquets, parla de leur sixième sens : télépathie et prémonition. Il cita le biologiste Rupert Sheldrake et son exemple de Pepper, amazone femelle, qui anticipait toujours le retour de son maître. Puis il parla de la précognition animale de catastrophes naturelles et même d'accidents ou de dangers impliquant leurs maîtres. Des cas concernant chevaux, chiens et chats avaient déjà été étudiés. Michel, devenu très attentif, demanda :

-Est-ce que pour la prémonition il y a des cas concernant les perroquets ?

-Pas à ma connaissance. Mais c'est en cours d'étude.

Un débat animé suivit cet exposé, Michel écouta à moitié, plongé dans ses réflexions sur les mots de Totoche avant l'apparition de l'OVNI. Il était sûr que son petit gris avait eu une

22

prémonition ; il décida de ne pas en parler, inutile de provoquer des jalousies et de retarder la fin de la réunion. À vingt-deux heures, il se leva et prit poliment congé, six autres personnes en profitèrent pour partir précipitamment.

Malgré ses soucis, Séverine s'endormit rapidement ce soir-là. Un cauchemar la réveilla brutalement : elle avait rêvé du vaisseau spatial, s'était approchée de lui, deux de ses occupants en étaient descendus et la fixaient de leurs grands yeux noirs. Une angoisse terrible la tétanisait, elle ne pouvait plus bouger. Des souvenirs refoulés depuis très longtemps émergeaient lentement, envahissant son esprit. Elle eut l'impression d'étouffer et se redressa dans le lit, s'interdisant de penser ; elle finit par se lever, il n'était pas question de se rendormir et de replonger dans cette vision insupportable. En allant à la salle de bains elle réalisa que ses jambes tremblaient, elle attrapa une boîte de cachets dans l'armoire à pharmacie et en avala deux. Assise sur le rebord de la baignoire, elle se persuada que c'était un simple cauchemar, avec un effet de « déjà vu » et que le stress accumulé lui avait joué des tours. Antoine rêvait qu'il était viré du collège à cause de ses résultats, Totoche arrivait alors et lui disait de ne pas s'en faire. Le réveil sonna à sept heures, mais ne réveilla pas Séverine. Le garçon se leva quelques minutes après et chercha sa mère, décidé à lui parler de son devoir de maths. Il entra dans sa chambre, l'appela puis la secoua légèrement.

-Quoi ? fit-elle d'une voix pâteuse sans ouvrir les yeux.

-C'est sept heures dix.

Elle émergea péniblement de son demi-sommeil et murmura :

-Fais du café, mon lapin.

Elle se renfonça sous les draps dès qu'il fut sorti et soudain l'image des yeux noirs surgit comme un flash. Elle la chassa et se leva d'un bond, son cœur se mit à battre plus vite. Elle fit une série de longues inspirations et expirations puis partit sous la douche.

Avant de rejoindre la cuisine, elle reprit un médicament et s'habilla en vitesse. Antoine l'attendait, un peu fébrile, devant son bol du déjeuner.

-Ça va Maman ?

-Oui, dit-elle en attrapant la cafetière pleine.

-J'ai eu le résultat de mon contrôle de maths hier. J'ai pas réussi.

Sa mère ne répondit pas, elle paraissait être encore dans le cirage. Il avala sa salive.

-En fait, les exercices étaient faux. Le prof m'a mis zéro.

-Ah bon. Tu n'avais pas compris le cours ?

Antoine, stupéfait, approuva de la tête. Il poussa un soupir de soulagement, aucun orage ne menaçait finalement. Séverine se sentait assez comateuse malgré ses deux grandes tasses de café, elle envisagea un instant de ne pas aller travailler et de voir le médecin, mais ce n'était vraiment pas le moment, sa patronne ne manquerait pas de le lui faire payer.

-Je vais pas chez Raphaël après les cours.

-Ah oui ! Je viens te chercher à six heures. T'inquiète pas si je suis un peu en retard.

Mr Lacoste contemplait Totoche sifflant un pot-pourri de chansons populaires. Quel trésor, ce petit gris ! Il avait décidé d'acheter un livre sur le sixième sens des animaux et consulta Internet dans l'après- midi. Le perroquet s'amusait avec le nouveau jouet en bois que son papa lui avait apporté, il s'arrêta tout d'un coup et cria « Antoine ! » plusieurs fois. Michel se détourna de l'ordinateur et dit avec douceur :

-Non mon Totoche. Antoine ne viendra plus te voir. Sa maman ne veut pas.

Le perroquet l'avait écouté, la tête penchée sur le côté.

-Antoine vient, colonel ! répondit-il.

Michel secoua la tête, un peu triste de la désertion du garçon. Il finit par trouver le livre qui l'intéressait et passa commande. À dix-sept heures dix, un coup de sonnette le fit sursauter. Il regarda dans le judas de la porte et fut surpris d'y voir Séverine. Il hésita et la vit s'éloigner.

-Ouvre ! cria Totoche.

Michel se décida et Séverine revint sur ses pas. Elle était très pâle.

-Oui ? fit Michel d'un ton peu amène

-Excusez-moi de vous déranger. C'est pour Antoine. Je suis en arrêt maladie et je n'ai trouvé personne pour aller le chercher au collège.

Elle parlait d'une voix faible.

-Oui ? répéta-t-il.

-Je suis désolée pour l'autre jour. Je n'aurais pas dû vous dire ça.

-Vous avez été agressive et ce que vous avez insinué est injurieux.

Il avait monté le ton, il était de nouveau en colère en se rappelant la scène. Qu'est-ce qu'elle croyait ? Qu'il allait se précipiter dans le parking et faire le taxi ? Séverine hocha la tête d'un air coupable puis tourna les talons, elle marchait comme une somnambule. Il ressentit un élan de pitié en la suivant du regard.

-Attendez !

Elle se retourna vers lui, l'œil vide. Il la fit entrer et lui apporta un verre d'eau. Elle lui expliqua qu'elle avait fait un petit malaise au travail le matin et qu'elle devait rester chez elle pour attendre le médecin. Elle ne se sentait pas le courage de conduire.

-Téléphonez à Antoine et dites-lui que je vais le chercher à dix-huit heures.

Il devenait plus aimable, sentant qu'elle avait besoin de son aide. Il ne se souvenait plus de la dernière fois que quelqu'un avait demandé son soutien, mais c'était une sensation plaisante.

-Maman ! fit soudain Totoche, amenant un sourire sur les lèvres de Séverine.

-C'est la maman d'Antoine, rectifia Michel.

Mr Lacoste donna un goûter de fruits à l'oiseau, prit son blouson en daim et descendit les escaliers en vitesse après avoir constaté qu'il était presque six heures moins dix. Antoine leva le bras en reconnaissant la voiture de son voisin. Michel le rassura, lui disant que sa mère se reposait et qu'il ne devait pas s'inquiéter.

-Alors, elle est quand même venue vous voir ?

Michel hocha la tête en disant qu'elle avait bien fait. Le garçon lui parla de sa déposition aux gendarmes, il espérait qu'on avait repéré l'OVNI dans la région. Son voisin ne savait rien de plus, mais il pensait que les enquêteurs du GEIPAN passeraient dans les parages un peu plus tard. Antoine fit remarquer que sa mère était bloquée sur le sujet parce qu'elle avait peur.

-Peur de quoi ? dit Michel, intrigué.

Antoine haussa les épaules en signe d'ignorance. En arrivant chez lui, il trouva le docteur en train de rédiger une ordonnance. Sa mère avait fait une chute de tension et elle devait rester tranquille au moins jusqu'au lundi, le garçon partit en suivant à la pharmacie chercher ses médicaments. Mr Lacoste fit un saut dans la soirée pour prendre des nouvelles et proposer de nouveau son aide. Séverine avait contacté la mère de Raphaël pour véhiculer son fils le lendemain, sa voisine de palier s'était proposée pour faire des courses. Elle remercia donc Michel qui remonta chez lui, un peu déçu d'être inutile.

Les petits êtres à la peau grise la regardaient, elle ne pouvait lire ni dans leurs yeux ni dans leurs pensées. Après un long moment, elle fut libérée de leur emprise psychique et se mit à courir sur le sol sablonneux. Elle ressentait une peur terrible, l'autre fillette n'avait pas eu sa chance. Elle se réveilla quelques secondes puis se rendormit d'un sommeil sans rêves. Après le départ d'Antoine, elle resta au lit une bonne heure, savourant sa tranquillité, puis elle profita de sa journée libre pour lire un roman prêté par une amie. À midi elle mangea un repas léger et décida de faire une sieste, car elle était encore fatiguée. Elle replongea dans son cauchemar au bout de quelques minutes, elle courait poursuivie par ces êtres d'ailleurs, ils cherchaient encore à contrôler son esprit et lui ordonnaient de s'arrêter. Ses pieds ralentirent malgré elle, ils allaient l'attraper. Elle poussa un hurlement et se réveilla, l'affolement la gagnait, elle ne pouvait pas rester seule. Au troisième étage, Michel rédigeait un article pour la lettre d'information du club des oiseaux parleurs, il n'était pas inspiré. Totoche parlait sans arrêt, répétant les derniers mots qu'il avait appris. Il s'interrompit pour s'exclamer : « Maman ! » Son maître lui expliqua alors que la maman d'Antoine n'avait plus besoin d'eux et qu'on ne la verrait pas, les êtres humains étaient comme ça. Totoche imita la sonnette plusieurs fois sans aucune réaction de Michel. À la énième répétition de sonnerie, il dit au perroquet d'un ton un peu sec que ça suffisait ; Totoche se tut et la sonnette de la porte retentit immédiatement. Michel regarda son petit gris avec admiration, il avait encore eu une prémonition ! Il faudrait qu'il en parle à l'expert du club. Il ouvrit directement sans regarder dans le judas et se trouva nez à nez avec une femme d'âge moyen, un sourire commercial vissé sur des lèvres minces, elle présenta sa carte en disant :

-Bonjour Monsieur. Est-ce que vous connaissez le club du livre ?

Il resta muet quelques secondes avant de répondre d'un ton rogue :

-Les démarchages sont interdits dans l'immeuble, Madame !

Il lui claqua la porte au nez et regagna son salon. Totoche cria : « Maman ! » et Michel tenta de se concentrer sur son article. À l'étage au-dessous, Séverine faisait face à une attaque de panique qui la rendait incapable de sortir de son appartement, le souffle court et les jambes flageolantes elle s'était assise sur le canapé et serrait un coussin contre elle. Elle s'efforçait de ne penser à rien sauf à sa respiration, elle parvint peu à peu à l'apaiser, mais elle n'arrivait pas à marcher. Elle saisit son smartphone posé sur la petite table devant elle, se demandant qui elle pourrait joindre à cette heure-là. Elle appela finalement Michel et entendit le message du répondeur, il devait être là pourtant. Une nouvelle bouffée d'angoisse monta, et si elle faisait une crise cardiaque ? Si elle crevait seule sur son canapé ? Son cœur s'accéléra et elle eut du mal à contrôler sa respiration. Mr Lacoste soupira en entendant la sonnerie de son téléphone, un numéro inconnu bien sûr, encore un commercial pour lui gâcher sa journée. Totoche cria de nouveau : « Maman ! » et fixa Michel en se dandinant sur son perchoir. Ce dernier pensa soudain à Séverine, peut-être avait-elle besoin d'aide ? Et s'il la dérangeait ? Ou qu'elle le trouvait trop insistant ? Il regarda de nouveau Totoche et quitta l'appartement. Séverine, au premier coup de sonnette, se leva en titubant un peu ; elle marcha lentement en longeant les murs pour s'y appuyer et entendit la voix de son voisin crier son nom. Il l'aida à revenir dans le salon en la prenant par le bras.

-Je viens de vous appeler, dit-elle d'une voix un peu essoufflée.

-Je ne savais pas que c'était vous. C'est Totoche qui a compris que vous aviez besoin d'aide.

Elle eut un petit sourire.

-Vous voulez que j'appelle le médecin ?

-Non, merci. Ça va mieux maintenant.

Il remarqua que ses mains tremblaient.

-Qu'est-ce qu'il vous arrive ? dit-il gentiment.

Elle regarda le tapis un instant avant d'avouer :

-J'ai eu une crise…de panique.

-À cause de cette histoire d'OVNI ?

Séverine hocha la tête, un peu surprise.

- C'est Antoine qui m'a dit que vous aviez peur de ça.

-Mon fils est très intuitif.

-Oui et il a l'esprit d'initiative ! Il ferait un bon…

-Gendarme ? fit Séverine

Michel sourit.

-Si vous voulez… Pourquoi avez-vous aussi peur ?

Elle ne répondit pas et proposa de faire du thé. Il la suivit dans la cuisine et porta le plateau au salon. Ils restèrent silencieux quelques instants, puis Séverine se décida.

-Il m'est arrivé quelque chose quand j'avais cinq ou six ans… Je les ai vus ! dit-elle en regardant son voisin dans les yeux.

-Vous en avez parlé à quelqu'un ?

Séverine, rassurée par le calme de son voisin, continua d'une voix plus claire.

-Non. Mes parents ne m'ont pas crue à l'époque, ils pensaient que je racontais des histoires pour faire l'intéressante.

-Il y a eu une enquête ? Des témoins ?

Elle secoua la tête. Elle avait d'ailleurs pensé par la suite que tout cela était un rêve.

-Je n'étais pas seule. Il y avait une autre fillette qu'ils ont emmenée dans le vaisseau.

Michel ne doutait pas de la sincérité de sa voisine même s'il était stupéfait par son histoire. Il lui dit qu'il avait lu un livre écrit par un psychiatre américain, le récit sous hypnose de personnes enlevées par des extra-terrestres. Peut être pourrait-elle voir un hypno thérapeute ?

-Je ne veux pas... J'ai peur qu'ils reviennent, vous comprenez ?

-Apparemment, les enlevés connaissent cette expérience plusieurs fois dans leur vie d'enfant et d'adulte. Ce n'est pas votre cas.

Séverine se sentait apaisée et remercia Michel. Elle lui proposa de venir déjeuner avec eux le dimanche.

-Ah non ! C'est moi qui vous invite ! Vous devez vous reposer.

Antoine caressa Totoche et lui donna une pistache que l'oiseau décortiqua avec soin. Sa mère prenait l'apéritif avec Michel, elle allait mieux et Antoine était certain que c'était grâce à leur voisin. Il écouta plus attentivement leur conversation quand Michel reparla de l'OVNI.

-Le GEIPAN va passer la semaine prochaine faire des analyses du sol et des végétaux.

-Il n'y a pas eu d'article dans le journal, s'étonna Séverine.

-Non, mais ça ne devrait pas tarder. Le voisin du bâtiment D a contacté un journaliste.

Il s'excusa et disparut dans la cuisine pour surveiller la cuisson du rôti. Antoine s'approcha de sa mère et lui dit :

-Tu sais, je crois qu'ils reviendront pas.

-Tu veux dire, les ET ? plaisanta Séverine.

Il fit oui de la tête en prenant une pistache dans le ravier et ajouta :

-Ils étaient en mission de reconnaissance.

Michel apporta les hors-d'œuvre sur un plateau et les disposa sur la table.

-Comment tu le sais ? dit Séverine.

Son fils la regarda et chuchota :

-Ils m'ont parlé, dans ma tête, comme à toi Maman.

FUFU

-T'as fait les courses ?

Fabien haussa les sourcils sans lâcher sa guitare et chercha quelques accords pour sa compo avant de répondre :

-Je croyais que c'était bon pour ce soir.

Sa compagne, une belle brune aux rondeurs appétissantes, poussa un soupir bruyant.

-Non, c'est pas bon ! M.... ! Je bosse plein pot et il faudrait en plus que je me tape tout à la maison.

Il posa son instrument et se leva en demandant ce qu'il fallait acheter. Elle secoua la tête, énervée, et lui montra la cuisine. Pendant qu'il recopiait la liste du tableau blanc à côté du frigo, Jessica se dirigea vers la cage où le furet se balançait dans son hamac et vérifia qu'il avait à manger et à boire. Quand il la vit, il descendit et commença à pousser des petits cris pour qu'elle le sorte de sa confortable prison ; elle l'attrapa avec douceur et il se blottit contre son cou en caquetant de joie. Elle caressa son petit corps soyeux d'une belle couleur argentée et le posa sur le sol puis le fit jouer avec une balle à grelots. La porte d'entrée claqua derrière Fabien et son cabas ; Jessica s'installa dans le vieux canapé, alluma la télé et laissa Fufu monter sur son épaule. Il n'y resta pas longtemps, pressé de courir dans le salon et de se glisser dans un tunnel en plastique sur le tapis de jeu que lui avaient acheté ses parents humains. Elle passa sur la chaîne qui diffusait sa série préférée et regarda un couple s'embrasser avec une passion qu'elle estima exagérée. Même au début de leur histoire, Fabien ne l'avait pas bisouillée avec autant d'ardeur. Et aujourd'hui, elle avait l'impression de ne plus l'aimer. Lui, on ne pouvait pas savoir ce qu'il pensait. Il restait certainement avec elle pour des raisons bassement matérielles, vu qu'il était au chômage et que ses ambitions musicales avaient été stoppées net après avoir raté son audition à la Nouvelle Star. Ils y croyaient tous les deux pourtant, elle le voyait aller en finale et imaginait déjà son interview en tant que compagne du chanteur prodige. Fabien avait accusé le choc pendant plusieurs mois, frôlant la dépression et refusant de passer d'autres auditions, se traitant de nul malgré les protestations de Jessica. Elle l'avait soutenu, réconforté, porté et supporté si longtemps qu'elle en était arrivée à le détester. Les larmes piquaient ses yeux maintenant, Fufu s'arrêta brusquement de jouer et se mit à *poupouter à ses pieds pour qu'elle le prenne. Il mit sa tête contre sa joue pour la consoler. Le furet était très sensible aux émotions de Jessica, ce n'était pas la première fois qu'elle le remarquait. Il semblait même lire dans ses pensées quand elle prévoyait de lui faire un repas maison, elle le retrouvait alors dans la cuisine attendant près de la table avant même qu'elle n'entre dans la pièce.

Fufu fila dans le couloir, la porte d'entrée venait de claquer à nouveau. Jessica respira longuement pour se calmer et ne pas crier à Fabien de faire doucement.

-Alors mon Fufu, tu vas jouer avec Papa ?

Il lui apprenait des tours et le furet adorait ses cours particuliers. Il rangea les courses en vitesse et attrapa des friandises dans le placard pour l'animal, tous deux passèrent dans le salon et Jessica lança :

-Et le dîner ? Il va pas se préparer tout seul.

-Je m'en occupe dans cinq minutes, fit-il un peu froidement.

33

Fabien s'accroupit, une petite croquette au bout des doigts et fit tourner Fufu plusieurs fois sur lui-même, puis il tendit le bras devant le furet qui sauta et ressauta au-dessus avant d'engloutir la friandise. Il tenta ensuite de le faire rouler par terre, mais Fufu resta sur le dos et refusa de faire une roulade complète. Jessica éclata de rire et son compagnon se renfrogna.

-Il faut qu'il s'entraîne encore, dit-il en recommençant le tour.

Fufu n'avait toujours pas compris ce que voulait son papa. Il s'assit et agita sa patte avant comme un chien, Fabien sourit et lui donna sa récompense. Jessica souriait aussi en regardant le furet avec fierté et sentait sa mauvaise humeur s'envoler.

-Tu veux que je donne un coup de main au chef cuisinier ?

Il acquiesça, assez surpris et profita de l'éclaircie pour annoncer :

-Au fait, y a Julien et sa sœur qui viennent dîner demain. Ça t'ennuie pas ?

-J'aurais préféré samedi.

Elle était contrariée. Il n'avait pas pensé une minute qu'elle était fatiguée de sa semaine le vendredi.

-Je sais pas s'ils sont libres samedi.

-Ben, on reporte alors, fit-elle brutalement.

Elle était de nouveau de mauvais poil et il ne savait plus comment faire. Elle ne l'aimait plus autant depuis qu'il avait raté son audition. Ils épluchèrent et coupèrent les légumes en silence. Fufu les rejoignit et Fabien se pencha en avant :

poupouter = caqueter

-Qu'est-ce que tu veux, p'tit furet ?

Fufu le fixa un instant puis exécuta une belle roulade sous leurs yeux admiratifs. Ils le félicitèrent et Jessica lui donna un minuscule morceau de viande hachée. Il caqueta de plaisir et le couple se mit à rire en le voyant tourner sur lui-même.

-Qu'est-ce qu'on ferait pas pour un peu de viande crue ! fit Jessica.

Elle se tourna vers Fabien :

-Excuse-moi pour tout à l'heure. Ils peuvent venir vendredi soir.

-Super !

Il l'embrassa sur la joue.

Jessica se réveilla brusquement à deux heures dix, elle pensa tout de suite à Fufu et se leva, persuadée qu'il n'allait pas bien. Fabien dormait comme un bébé, son bras droit enlaçant l'oreiller. Elle passa dans le salon et entendit un cri puissant et aigu qui venait de la cage. C'était la première fois que son furet poussait ce cri, Jessica comprit qu'il avait peur. Elle s'approcha de lui en parlant doucement et le prit dans ses mains pour le rassurer ; Fufu eut une réaction étrange : il se mit à feuler comme s'il était en colère. Il tremblait de froid, ce qui n'avait rien d'anormal pour un furet qui sort du sommeil et doit rétablir la température de son corps, mais ses petits yeux bien ouverts semblaient inquiets.

-Qu'est-ce que tu as, mon chéri ?

Elle le regarda et l'ausculta doucement pour s'assurer qu'il n'avait pas mal, le caressa pendant quelques minutes, puis le remit dans sa cage. Il continua ses feulements, mais elle ne l'emmena pas dans la chambre, elle ne voulait pas lui donner de mauvaises habitudes. Elle entendit soudain un bruit de clés venant du couloir, son cœur se mit à battre plus vite et elle resta pétrifiée à côté de Fufu. Quelqu'un essayait de forcer la serrure ! Elle retrouva l'usage de ses jambes au bout de deux secondes et courut jusqu'à la chambre où elle secoua son compagnon sans ménagement en lui criant dans l'oreille. Il émergea péniblement d'un rêve délicieux où il était sacré finaliste d'un concours de chant sous un tonnerre d'ovations.

-Quoi ? dit-il d'un ton plaintif.

-Y a des cambrioleurs qui essayent de rentrer ! Lève-toi, bordel !

Elle empoigna un chandelier en bronze qui trônait sur la commode et le lui mit dans les mains après l'avoir poussé hors du lit. Puis elle prit son portable.

-J'appelle les flics.

Fabien soupira et se dirigea vers la porte d'entrée. Il s'arrêta brusquement en voyant les clés par terre et en entendant les cliquetis de la serrure.

-Dégagez ! On a appelé la police ! s'exclama-t-il en prenant une grosse voix.

Les bruits s'arrêtèrent et il entendit un vague murmure derrière la porte. Puis plus rien. Jessica qui l'avait rejoint à pas de loup lui chuchota :

-Ils sont partis ?

Fabien haussa les épaules en signe d'ignorance, ramassa les clés et les remit dans la serrure.

-Faudra qu'on mette un verrou. Tu les as eu les flics ?

Jessica fit non de la tête et posa un doigt sur ses lèvres en montrant la porte du menton.

-Ça va maintenant ! dit Fabien.

Il lui tardait de se recoucher. Elle le suivit dans la chambre après lui avoir fait bloquer la porte avec la banquette de rangement de l'entrée.

Elle rentra ce soir-là avec une affreuse migraine, bien sûr c'était vendredi et bien sûr leurs copains venaient dans deux heures. Fabien l'attendait dans la cuisine avec un petit sourire satisfait. Il n'avait pas chômé : après un grand ménage, il avait cuisiné un délicieux curry de poulet qui mijotait dans la cocotte en fonte. Il avait même eu le temps de faire jouer Fufu et de nettoyer sa cage. Quand il vit la tête de Jessica, il se dit que la soirée commençait mal.

Ça va pas ? dit-il gentiment

Elle fit non de la tête et lui annonça qu'elle allait s'allonger dans le noir un moment. Elle ne lui dit pas qu'elle s'était disputée avec sa collègue et que la contrariété avait déclenché son mal de tête. Elle prit une aspirine, enleva ses vêtements et s'allongea sur le lit où Fufu la rejoignit rapidement. Elle ferma les yeux, le furet la réveilla une heure plus tard en léchant ses joues. Elle se sentait vaseuse, mais sa migraine avait disparu, elle rejoignit Fabien dans le salon.

-Alors ? fit-il.

-Ça va mieux. Fufu m'a soignée.

-Ah oui, Docteur Fufu ! Je sors les chips ou les amandes ?

-Comme tu veux… Tu rigoles, mais tu sais que Fufu a des capacités extraordinaires ?

Fabien haussa les sourcils. Ça devait être ce documentaire télé sur le sixième sens des animaux qui l'avait influencée.

-Il avait pressenti le cambriolage, dit-elle d'une voix vibrante.

-Quoi ? Non, il les a entendus derrière la porte, c'est tout.

-Ça m'étonnerait ! Il était déjà en alerte quand je suis allée le voir et il s'est bien passé…heu…dix minutes avant qu'ils trifouillent la serrure.

-Il est voyant, tu veux dire ?

Il arborait un sourire moqueur. Jessica répondit d'un air sentencieux :

-Il a des capacités de prémonition, comme pas mal d'autres animaux. Et tu sais bien qu'il communique aussi par télépathie avec nous.

-Super Fufu ! s'exclama Fabien.

La sonnette de l'entrée retentit, empêchant Jessica de se lancer dans des explications plus détaillées. Son compagnon se leva, le furet sur ses talons. Elle se força à sourire quand Julien et sa sœur s'avancèrent vers elle ; Vanessa était moulée dans un jean en simili cuir et portait une veste étroite couverte de strass, il fallait reconnaître qu'elle était foutue comme une déesse et que son petit trente-six lui permettait toutes les fantaisies. Jessica se sentit beaucoup moins jolie tout d'un coup d'autant plus qu'elle surprit le regard de Fabien rivé sur les fesses de Vanessa. Julien tendit une bouteille de vin à son hôtesse qui regarda l'étiquette et simula l'enthousiasme. Elle fut obligée d'écouter de longues et ennuyeuses explications sur l'origine du vin pendant que Fabien jouait au séducteur avec la top model amateur.

Elle commençait à se détendre et à apprécier sa soirée. Fabien avait raconté l'épisode du cambriolage avec humour et Vanessa s'était montrée intéressée par les pouvoirs de Fufu, devenant soudain beaucoup plus sympathique aux yeux de Jessica. Le furet se reposait sur le canapé, apparemment ignorant de l'intérêt qu'il suscitait. Julien discutait accords de guitare avec son copain, il était moins doué que Fabien, mais avait toujours un avis qu'il jugeait éclairé dans beaucoup de domaines. Pour Jessica, Julien était jaloux du talent de son compagnon : depuis l'échec de l'audition il venait le voir plus souvent, sans doute était-il soulagé que Fabien ne réussisse pas dans la musique. Lui-même avait abandonné l'idée et travaillait dans une grande surface, s'estimant bien plus mature dans ses choix de vie. Mais il doit en souffrir, se dit Jessica, en voyant le visage passionné de Julien qui débattait de subtilités mélodiques incompréhensibles pour le commun des mortels.

-Tu sais que Fufu a l'oreille musicale ? fit soudain Fabien.

Son ami eut un sourire amusé.

-Si, si ! C'est vrai. Il a ses préférences, tu vas voir.

Fabien se leva, attrapa sa guitare et commença à jouer une de ses compos du moment. Fufu se redressa et descendit du canapé pour s'asseoir à côté du guitariste. Au bout de quelques secondes il commença à poupouter gentiment sur la mélodie et tout le monde éclata de rire.

-En plus il a le sens du rythme ! s'exclama Vanessa.

Puis Fabien joua les premiers accords d'une chanson rock très connue et le furet manifesta son mécontentement par une série de feulements avant de se réfugier dans un coin du salon.

-Bon arrête, tu l'énerves ! interrompit Jessica.

-Tu devrais faire une chanson avec Fufu et la mettre sur You Tube, plaisanta Julien.

Fabien acquiesça et reposa sa guitare derrière lui. Puis il se leva pour débarrasser la table pendant que Jessica et Vanessa réconfortaient le furet. À une heure, la bouteille de champagne fut vidée, les invités regagnèrent leurs pénates et Fufu retrouva sa cage.

Le lendemain après midi ils partirent chez les parents de Fabien à la campagne, Jessica se réjouissait à l'avance du calme et de la beauté du paysage vallonné autour de la vieille maison. Le vent soufflait assez fort et une tempête était prévue dans la soirée, ils n'avaient qu'une heure de route et Fabien roulait sans hâte sur la petite départementale qui traversait une portion de forêt. Fufu, installé sur la banquette arrière, s'était endormi.

-C'était sympa hier soir, dit Fabien en évitant de justesse un nid de poule sur la chaussée.

-Oui. Mais on a trop mangé et trop bu.

-Oh ! Toi et ton régime !

Jessica haussa les épaules. Fabien pouvait manger ce qu'il voulait, il ne prenait pas un gramme. Il n'avait pas conscience de la chance qu'il avait !

-Tu sais, j'ai une idée pour Fufu. Je vais l'enregistrer en train de poupouter et je mixerai avec une compo à moi. Ça peut être sympa.

-T'es sérieux là ?

Il hocha la tête en évitant un autre nid de poule. Avant même que Jessica ait le temps de répondre, Fufu sauta brusquement sur le siège du conducteur en poussant un cri d'alarme strident. Fabien fit une embardée et injuria l'animal, Jessica tenta sans succès d'attraper Fufu qui mordillait les mains de son papa et s'agitait comme un diable.

-Arrête-toi ! ordonna Jessica à Fabien qui alluma les feux de détresse.

Le furet passa sur les genoux de Jessica et parut se calmer un peu.

-Mais qu'est-ce que tu as Fufu ?

La voix de Jessica se faisait douce dès qu'elle parlait à l'animal. Elle se tourna vers Fabien :

-Tu crois qu'il est malade ?

-J'en sais rien, mais il va aller dans sa cage tout de suite !

Il descendit, prit la cage dans le coffre et la posa sur le tapis de sol à l'arrière de la voiture. Jessica n'était pas d'accord.

-Je vais le garder sur mes genoux. Il n'aime pas être enfermé quand il voyage avec nous.

-Je m'en f… ! Il a failli me mordre !

Fabien était vraiment énervé.

-Il y a une raison, forcément.

Jessica finit par trouver un compromis en mettant Fufu dans la cage qu'elle posa sur ses genoux. La voiture redémarra et au bout de quelques secondes, le furet poussa un nouveau cri d'alarme, il faisait maintenant des bonds furieux et se jetait contre le grillage.

-Arrête-toi ! cria de nouveau Jessica.

Fabien ne céda pas tout de suite, Fufu continuait à sauter et crier.

-Stooop ! Il va se faire mal !

Il freina assez brutalement. Au même moment à dix mètres d'eux, un arbre tomba en travers du chemin. Ils restèrent immobiles à fixer la route, le furet s'était calmé instantanément. Fabien se tourna vers sa compagne, le visage blanc.

-On a failli y passer.

Jessica hocha la tête.

-Tu crois que Fufu…, reprit Fabien

-J'en suis sûre. Il savait.

Elle le sortit de sa cage et l'embrassa en disant :

-Merci mon chéri, merci !

Fabien lui caressa longuement la tête. Le furet caqueta joyeusement et se prépara à dormir sur les genoux de Jessica. Ils appelèrent les pompiers puis les parents de Fabien. Ils firent demi-tour et ne prononcèrent pas un mot avant d'arriver chez eux.

Fufu sauta sur la table de mixage, Fabien protesta et le fit descendre sans ménagement. Le furet partit en courant dans la cuisine où Jessica terminait son petit déjeuner.

-Alors, mon Fufu, Papa t'a engueulé ? dit-elle tendrement.

Il caqueta un long moment, comme s'il se plaignait de la sévérité de Fabien. Ce dernier se mit à appeler l'animal, car il avait besoin d'enregistrer ses cris, mais Fufu fixa sa maîtresse et ne bougea pas une oreille.

-Je crois qu'il boude ! cria Jessica.

Fabien, concentré, mixait sa nouvelle mélodie et rajoutait quelques caquètements aux endroits stratégiques, mais il n'était pas satisfait du résultat. Il appela sa compagne pour avoir son avis.

-Ah oui ! C'est marrant… Plutôt bien même.

Jessica ne semblait pas convaincue. Fufu entra dans le bureau à toute vitesse et sauta sur un coussin de sol. Elle réfléchissait, les yeux dans le vague, et se mit à chantonner : « Il court, il court le furet ». L'animal poupouta à la fin du refrain et Fabien s'exclama :

-Ça déchire !

Il passa le reste de la journée à adapter la mélodie de la comptine, y ajoutant des passages de rap et un fond d'électro. Il continua à mixer tard dans la soirée pendant que Jessica regardait une comédie romantique en se demandant si son couple pouvait être encore sauvé et si Fabien n'était pas le plus grand égoïste au monde. Le lendemain le musicien décida qu'il allait faire une vidéo pour sa nouvelle chanson, il filma Fufu courant dans l'appartement et contacta une copine dont le fils de huit ans était fan de rap. Il leur donna rendez-vous en fin d'après-midi pour faire un essai chant avec Lucas. Le garçon était super enthousiaste, mais son rap l'était beaucoup moins. Fabien lui demanda s'il avait des copains qui pourraient chanter avec lui et après mûre réflexion, Lucas lâcha trois noms ; ils décidèrent d'une nouvelle rencontre le samedi suivant. Quand Jessica rentra du travail, Fabien lui fit un résumé de ses projets et insista sur l'importance de la vidéo. Elle resta silencieuse un moment puis dit d'un ton assez froid que cela paraissait intéressant.

-C'est tout ? fit Fabien.

Il était déçu de sa réaction. Il voulait l'épater et qu'elle soit fière de lui.

-Ben oui… On verra le résultat.

Elle n'avait plus confiance en sa capacité de réussir dans le monde de la musique. Elle en avait marre d'avoir mis sa vie entre parenthèses pour lui. Il insista un peu.

-Tu penses pas que c'est une bonne idée ?

Elle haussa les épaules et alluma la télé. Fufu se mit à faire des roulades sur le tapis, mais personne ne le félicita. Fabien regagna sa table de mixage et réfléchit à la façon d'intégrer la partie rap des enfants. Fufu resta un moment avec Jessica puis alla voir Fabien, il s'installa sagement à côté de lui comme pour l'encourager. Jessica partit faire du shopping le samedi, laissant Fabien gérer quatre gamins super excités ; Fufu s'était caché dans un coin. Il s'avéra qu'il y avait une star dans le groupe, un certain Hugo qui rappait avec une fluidité étonnante ; la petite Louise se débrouillait bien aussi, Lucas et Nolan assuraient les chœurs. Il les enregistra dans le bureau puis décida de les filmer en train de chanter dans le salon, il fut surpris de voir qu'ils étaient tous à l'aise pour bouger sur le morceau. Il se dit au bout de la deuxième prise que ça suffirait, il valait mieux garder la spontanéité du début. Il leur proposa un petit goûter dans la cuisine et leur promit qu'il leur enverrait le lien vers You Tube. Dès qu'ils furent partis, Fabien donna à manger à Fufu et se remit au travail. Jessica s'était un peu lâchée côté porte-monnaie et ça lui avait fait beaucoup de bien. Elle alla embrasser son compagnon et lui porta un café.

La vidéo était enfin sur You Tube, Fabien ne regarda pas le nombre de vues. Il était angoissé, si ça ne marchait pas il arrêtait la musique. Il n'osait même pas penser à la réaction de Jessica. Il fit jouer Fufu pour passer le temps. Il entendit sa compagne rentrer dans l'appartement et se prépara à un affrontement. Elle se planta devant lui, rayonnante et déclara :

-T'es le meilleur, mon chéri !

Il la regarda sans rien dire.

-Et ben ! T'es pas content ?

-Tu veux dire…la vidéo ?

-Deux cent mille vues en trois heures et ça grimpe à toute vitesse !

Il se précipita sur son portable. La vidéo affichait déjà deux cent trente mille quatre cent treize vues. Fufu poupouta gentiment avant de se rendre dans la cuisine. La vidéo atteignit en deux mois presque cent millions de vues et Fabien encaissa une belle somme de sa chaîne You Tube. Jessica le regardait autrement maintenant, elle allait démissionner de son boulot et monter sa propre affaire sur Internet.

-À nous ! dit Fabien en levant son verre.

-Et à Fufu ! ajouta Jessica

Le furet les observa puis se tourna vers la charmante femelle couleur chocolat adoptée par ses parents. Il la renifla, lui fit une caresse de la tête et s'allongea près d'elle. Sa mission avait été délicate, mais il était satisfait. Il songea que les humains étaient parfois bien compliqués et qu'il était facile d'être heureux quand on était un furet.

L'ADOPTION

Une folie ! Je vais faire une folie ! Cette pensée faisait sourire Corinne, elle qui avait toujours été si raisonnable dans ses choix de vie. Sur le panneau on lisait : Association Crins au Vent ; elle vit plusieurs chevaux assez loin dans le pré, l'un d'entre eux avait une belle robe gris clair qui lui rappela son Grison. Elle n'avait pas vu sa photo sur le site de l'association et se demanda s'il était déjà promis à l'adoption. Elle se tourna vers la jeune femme qui l'accompagnait en montrant un cheval bai isolé :

-On dirait le tien, là-bas.

Celle-ci approuva avec un enthousiasme qui fit plaisir à Corinne. Elles se dirigèrent vers le bureau ; une femme aux cheveux blancs était au téléphone, le mur derrière elle était couvert de photos de chevaux, poneys, ânes et mules.

-Bonjour. Je peux vous aider ? fit-elle en raccrochant.

-Nous venons pour l'adoption. Je vous ai appelée hier, je suis Corinne et voici ma fille Émilie.

-Ah oui ! Vous étiez intéressées par Balthus. C'est un cheval vraiment sympa, mais très …indépendant.

-Vous voulez dire qu'il n'obéit pas ? interrogea Émilie, un peu inquiète.

La réceptionniste secoua la tête et précisa que cela dépendait du cavalier. Le mieux était d'aller à sa rencontre. Le cheval leva la tête à leur arrivée, regarda Corinne et se dirigea droit vers elle sans un coup d'œil pour les deux autres femmes. Elle flatta son encolure et admira sa robe marron clair, sa fille ne tenta même pas de le caresser.

-C'est le coup de foudre ! s'exclama la femme.

-Le cheval est pour ma fille. On peut en voir un autre ?

-Celui-là !

Émilie tendait la main vers un beau cheval brun foncé.

-CANDY !!!!

La jument arriva, se mit à côté de Balthus, elle boitait légèrement. Ce dernier, comme s'il avait compris qu'il n'était pas choisi, s'éloigna rapidement. Émilie, joyeuse, parla à Candy pendant une minute puis s'adressa à sa mère :

-Elle est super !

-Elle a quatre ans. Elle a couru et gagné pas mal de courses, vous savez. Elle a eu un problème de genou, mais elle guérit. Ça ne la gêne pas pour les ballades, hein ma belle ?

Leur guide ajouta après quelques secondes :

-Elle est très amie avec un poney, Snoopy. Nous aimerions qu'ils ne soient pas séparés pour l'adoption.

Un silence un peu lourd accueillit sa déclaration. Émilie suivait Candy des yeux et n'avait pas l'intention de choisir un autre équidé. Corinne réfléchissait, il serait mieux de donner un compagnon à Candy, un cheval n'est pas fait pour vivre seul. Peut-être que Jade, sa petite-fille, pourrait apprendre à monter avec le poney. Elle jeta un coup d'œil à Balthus qui regardait dans leur direction et eut un petit pincement au cœur. D'après sa fiche, cela faisait assez longtemps qu'il était à l'adoption et elle avait senti une vraie connexion avec ce cheval. Mais elle était venue pour sa fille. La femme se dirigea vers Snoopy :

-Voilà notre mascotte ! Un peu cabochard, mais très gentil.

Candy se rapprocha du poney blanc, comme pour les encourager à l'adopter lui aussi. Émilie approuva et dit :

-Il sera parfait pour ma fille.

Corinne regardait le camion se garer sur son terrain, Émilie et Jade étaient aussi enthousiastes l'une que l'autre. Avant de faire descendre les équidés, elle dit à sa fille avec un petit sourire :

-Il y a une surprise.

Snoopy descendit le premier avec le chauffeur puis Émilie s'occupa de Candy, sa mère l'entendit s'exclamer avant d'aller chercher Balthus en dernier. Tout se passa bien sans aucun stress ; elles les installèrent dans le pré juste derrière le jardin. Trois d'un coup, tant qu'à faire des folies, se dit Corinne. Heureusement qu'il y avait assez de boxes. Elle avait calculé les frais de nourriture, vétérinaire et ostéopathe, cela rentrait tout juste dans son budget. Quant au maréchal-ferrant, une fois qu'il aurait déferré les deux chevaux et le poney, elle se passerait de ses services et les parerait elle-même, elle était adepte des sabots au naturel. Émilie avait proposé de prendre une partie des frais à sa charge, elle paierait la réparation de l'abri dans le pré. Et puis Corinne était à la retraite, elle avait tout son temps pour s'en occuper maintenant que les gros travaux de rénovation de la maison, un ancien corps de ferme, avaient pris fin. Les animaux exploraient leur domaine et semblaient à l'aise, ils avaient l'habitude de vivre au pré, mais Corinne prévoyait de les rentrer au box le soir pendant l'hiver.

Émilie adorait Candy qui était d'un caractère doux et un peu timide, elle la montait maintenant tous les week-ends et le cheval appréciait cette cavalière légère. La jeune femme ne se servait pas de mors, elle avait pris le temps d'entraîner Candy en marchant près d'elle pendant plusieurs semaines. Elles communiquaient pratiquement par télépathie comme avec le premier cheval d'Emily qui avait dû être vendu, une peine qu'elle avait crue incurable jusqu'à l'arrivée de Candy. Corinne elle aussi vivait une belle histoire d'amour avec Balthus, elle n'avait pas encore monté le cheval bai, car son dos, d'après l'ostéopathe, était très douloureux. Elle lui faisait faire des exercices tous les jours et le laissait s'habituer à ses sabots nus. Balthus savait précisément quand Corinne allait venir le voir, il l'attendait dans un coin du pré et ne s'intéressait alors à rien d'autre autour de lui. Il se montrait amical avec Emily et Jade, mais il était là pour Corinne, c'était clair pour tout le monde. Quant à Jade et Snoopy, après des débuts difficiles, ils s'habituaient peu à peu l'un à l'autre ; Jade était une enfant affectueuse et démonstrative, le poney était plutôt méfiant et se dérobait à ses caresses. Emily jouait la monitrice avec sa fille qui se débrouillait bien et n'était pas peureuse.

-Papa dit que c'est dangereux de monter à cheval, fit Jade d'un ton hésitant pendant que sa mère sellait Snoopy.

-Il n'y connaît rien, répondit vivement Emily.

Elle ajouta :

-Allez, en selle !

Corinne les observait derrière la fenêtre du salon, une tasse de café à la main. Elle ne regrettait pas une seconde sa décision même si ses nouveaux pensionnaires l'occupaient à plein temps ; elle aurait pu devenir une excellente cavalière, mais la compétition l'avait toujours rebutée et elle était écœurée par la façon dont les chevaux de course et d'obstacles étaient exploités. Certains anciens champions qui avaient ramené des sommes folles à leurs propriétaires se retrouvaient à la boucherie, suite à leurs blessures. Les larmes lui montaient aux yeux en repensant à un pur-sang anglais à la robe alezan qu'elle n'avait pu sauver. Sa fille et sa petite fille s'éloignaient pour une ballade au pas aux alentours de la propriété, Snoopy suivait tranquillement Candy ; le regard de Corinne se posa ensuite sur Balthus. À ce moment-là, il se tourna vers elle, comme s'il avait senti qu'elle l'observait ; elle en fut troublée. La sonnerie du portable la ramena sur terre : l'ostéopathe l'informait qu'elle serait en retard, elle devait vérifier que le dos du cheval était maintenant capable de supporter le poids d'une cavalière. Elle reposa sa tasse, déroulant dans son esprit la liste des choses à faire ce samedi matin. L'état des boxes lui parut une priorité, la température descendait rapidement la nuit, il faudrait rentrer les équidés dans deux ou trois semaines. Dès qu'elle sortit de la maison Balthus s'approcha de la barrière, espérant sa venue. Elle lui fit un petit signe de la main et lui dit mentalement : « J'arrive ! » Dans la grange les anciens propriétaires avaient aménagé trois boxes en pin, deux étaient en bon état, le troisième avait une porte neuve. Elle fit le tour de la grange, notant les petits travaux indispensables ; elle en conclut qu'elle et sa fille pourraient en faire la plus grande partie. Elle s'apprêtait à sortir quand elle sentit un souffle dans ses cheveux, elle se retourna brusquement, ne vit rien et vérifia qu'aucun courant d'air ne passait dans le box près de la porte. Elle rejoignit son cheval dans le pré et resta avec lui jusqu'à l'arrivée de l'ostéopathe.

-Ah oui, ça va mieux ! Vous pourrez faire une petite balade avec lui dans quelques jours...

Balthus regarda Corinne fixement avant de s'éloigner. Elle eut l'impression que le cheval voulait lui dire quelque chose. Elle se tourna vers l'ostéopathe :

-Vous êtes sûre qu'il ne va pas souffrir ?

-Non. Son dos est en bon état maintenant.

Corinne prépara le dîner en attendant le retour d'Emily et de Jade. Elle se demandait comment Balthus réagirait pour leur première ballade. La porte de la cuisine claqua.

-Mamie ! J'ai trotté avec Snoopy ! dit Jade d'un ton fier.

50

-Bravo, ma chérie !

Elle vit sa fille qui dessellait Candy et le poney. Quelques minutes plus tard, Emily entra dans la cuisine.

-On s'est régalé, tu sais ! fit-elle joyeuse. Jade s'est débrouillée comme un chef !

Elle ajouta :

-Et Balthus, comment il va ?

-Bien… Jade, tu vas te laver les mains ?

Cette nuit là, Corinne rêva à Balthus. Il était enfermé dans le noir et cherchait à fuir. Puis le box s'ouvrit et elle vit un gros type avec une cravache qui menaçait de le frapper. Elle se réveilla en larmes, certaine que c'était vraiment arrivé au cheval.

Corinne avait attendu d'être seule pour sa première sortie avec Balthus. Est-ce qu'il allait supporter d'être monté ? Elle lui en avait parlé plusieurs fois depuis la venue de l'ostéopathe et il paraissait avoir compris. Il s'avança vers elle quand elle arriva avec la selle et se laissa faire sans aucun signe de nervosité. Une fois installée elle le mit au pas puis se dirigea vers un petit chemin qui contournait la propriété et longeait la route départementale. Elle caressa son encolure et décida de passer à un petit trot, Balthus semblait à l'aise, elle ne percevait aucune tension dans son dos. Elle admira les couleurs automnales des arbres et décida de faire demi-tour pour ne pas fatiguer le cheval. C'est à ce moment-là qu'une volute de lumière blanche apparut sur le sentier, s'élevant lentement devant eux. Le cheval se cabra violemment, jetant sa cavalière à terre, puis il reprit le chemin de la maison au grand galop. Corinne avait à peine eu le temps d'étendre le bras droit avant de toucher le sol, son épaule lui faisait très mal, mais elle réussit à se redresser et à se mettre debout. Elle remarqua, stupéfaite, que la lumière blanche avait pris la forme d'un cheval et disparaissait lentement dans les arbres. Une illusion sans doute, mais qui avait effrayé Balthus au point de la désarçonner. Pourvu qu'il se soit arrêté en arrivant au pré ! Elle se mit à marcher sans trop de mal, il lui fallut trois quarts d'heure pour arriver chez elle ; le cheval l'attendait, le corps parcouru de tremblements. Elle lui parla avec douceur, le rassura et le dessella. Puis elle s'occupa de son épaule endolorie en se promettant d'aller voir un toubib rapidement. Quand elle raconta l'histoire à Emily, celle-ci lui reprocha d'avoir voulu sortir seule, précisant qu'elle n'avait plus vingt ans et que le coin était isolé.

-C'était un cheval ? questionna Jade qui avait suivi leur conversation avec beaucoup d'intérêt.

-Non, ça avait la forme d'un cheval. Enfin d'après Mamie ! répondit sa mère.

-C'était un fantôme, alors ? continua Jade.

-Chérie, ça n'existe pas les fantômes ! fit Emily, agacée.

Corinne eut du mal à s'endormir ce soir-là, les questions tournaient dans son esprit. Elle n'était pas groggy après sa chute et cette forme de cheval n'était pas normale. Et puis Balthus avait eu très peur. Elle repensa à la réflexion de Jade et se sentit mal à l'aise, ce n'était pas la première fois qu'elle voyait quelque chose d'étrange, à l'âge de sa petite fille elle avait eu la vision d'un homme sur un cheval qui ressemblait, d'après sa description, à son grand-père décédé. Ses pensées se tournèrent ensuite vers Balthus, est-ce qu'elle allait pouvoir le monter de nouveau ? Elle soupira et finit par se lever. Un croissant de lune brillait haut dans le ciel, elle s'habilla et sortit ; son cheval l'attendait déjà à la barrière.

-Tu ne dors pas non plus, mon Balthus ? murmura-t-elle en flattant son encolure.

Le froid s'intensifiait, il faudrait les mettre dans les boxes dès le lendemain. Elle embrassa le chanfrein du cheval et rentra se coucher. En regagnant sa chambre, elle entendit la voix d'Emily dans la chambre de Jade : elle avait dû faire un cauchemar, ça lui arrivait de temps en temps. Elle allait s'endormir quand on frappa doucement à sa porte. Emily entra dans sa chambre.

-J'ai vu que tu étais sortie. Ça va ?

Corinne hocha la tête.

-Tu sais que Jade a fait un cauchemar avec tes histoires, fit-elle d'un ton de reproche.

-Désolée.

-Je t'emmène chez le médecin demain, ajouta Émilie avant de sortir.

-Il faudra arrêter l'équitation pendant un mois minimum. Je vous prescris des séances de kiné.

Corinne avait eu de la chance, elle n'avait même pas besoin d'immobiliser son bras. L'examen avait révélé une contusion musculaire qui n'était pas trop douloureuse. Les chevaux et le poney restaient maintenant la nuit dans leurs boxes et s'adaptaient bien. Sa fille sortait Candy et Snoopy le week-end et Jade faisait des progrès évidents en équitation. Elle s'entendait mieux avec le poney et s'y attachait beaucoup. Corinne passait du temps avec Balthus, se promenant à ses côtés dans le pré. Tout alla pour le mieux jusqu'à la nuit du vendredi au samedi. Elle se réveilla en sursaut à une heure vingt, certaine que son cheval l'appelait au secours ; elle enfila des bottes et mit une vieille parka sur son pyjama avant de foncer vers la grange. À quelques mètres de la porte, elle entendit des coups sourds et un hennissement, elle vit alors Balthus dressé tapant des sabots contre la porte du box. Candy et Snoopy tremblaient de peur dans un coin de leurs stalles. Elle se mit à lui parler doucement, cherchant des yeux la cause de cette terreur. Quand le cheval réalisa qu'elle était là, il se calma peu à peu, elle entra dans son box avec précaution tout en continuant à lui parler. Elle le caressa et resta un long moment avec lui avant d'aller voir les deux autres qui s'étaient apaisés. Elle fit le tour de la grange, vérifiant chaque coin à l'aide de la torche qu'elle gardait dans la poche de sa parka, mais ne trouva rien. Le lendemain, elle décida de passer la nuit dans la grange pour découvrir la raison du comportement de Balthus. Jade déclara qu'elle aussi voulait dormir avec Snoopy et se disputa avec sa mère qui lui avait interdit d'accompagner Corinne. Emily trouvait l'idée de sa mère stupide, persuadée que c'était la faute de son cheval qui ne supportait pas de dormir au box. L'ambiance du déjeuner fut lourde, personne ne parlait et les reproches non exprimés voltigeaient entre elles.

-Bonjour, je souhaite un rendez-vous pour mon cheval ... Lundi à 15h, c'est très bien. Je vais vous expliquer où nous sommes...

Corinne raccrocha, satisfaite. Une amie lui avait recommandé cette communicatrice animale et il lui tardait de la rencontrer. L'après-midi passa rapidement entre ménage et repassage. Emily était partie avec Jade au cinéma, peut-être seraient-elles de meilleure humeur au retour. Elle alla voir les chevaux et le poney avant le dîner et leur expliqua qu'elle viendrait dormir avec eux, Balthus approuva de la tête ce qui la fit rire. Puis elle entra dans la grange pour vérifier que tout était normal, elle remarqua que la porte neuve du box de Balthus était un peu abîmée, mais n'avait pas de problème de fermeture. Elle se pencha pour mieux voir les charnières et se redressa en sursaut quand elle sentit une petite brise dans son cou, ce n'était pas un courant d'air, c'était comme si quelqu'un s'amusait à souffler sur elle. Elle se retourna vivement, mais ne vit rien. En sortant, elle entendit un léger bruit de sabots et regarda vers le pré, les équidés se trouvaient sous l'abri au fond. Ce n'était donc pas eux. Qu'est-ce qui lui arrivait ? Est-ce que c'était sa chute qui avait provoqué ça ? Elle n'avait pourtant pas eu de choc à la tête et le médecin ne lui avait pas donné d'examens complémentaires. Elle haussa les épaules, elle verrait ça ce soir. Après un dîner assez joyeux, elles partirent toutes les trois rentrer leurs montures dans la grange. Emily essaya de la dissuader de passer la nuit là, mais Corinne avait pris sa décision. Jade embrassa plusieurs fois Snoopy pour lui souhaiter bonne nuit.

-Prends ton portable au moins ! Tu m'appelles s'il y a un problème, hein ?

Corinne sourit à Emily avant d'aller chercher un sac de couchage. Il était dix heures trente et elle se sentait fatiguée. Elle installa son sac sur un lit de camp devant les boxes et se laissa bercer par la respiration des animaux. Ce fut un couinement aigu de Balthus qui la réveilla, elle l'entendit s'agiter dans son box, Candy et Snoopy soufflaient fortement et commençaient à taper des sabots. Elle se leva et scruta l'obscurité autour d'elle, au bout d'une ou deux minutes elle distingua une lumière qui se tordait comme un ruban vers la porte de la grange. Son cœur accéléra pendant que des frissons la parcouraient, elle resta clouée au sol, refusant de croire que c'était le même phénomène qu'elle avait vu pendant sa ballade à cheval. Balthus lança un autre signal d'alarme plus aigu alors que la lumière s'approchait de son box en s'étirant de tous les côtés jusqu'à dessiner la forme d'un cheval. Corinne se retint de hurler et se mit à parler sans trop savoir ce qu'elle disait :

-N'aie pas peur, je vais t'aider. Tu ne dois pas rester là, tu n'es pas de ce monde. Tu vois, tu effraies les autres chevaux. Il faut que tu partes maintenant.

Elle se mit à prier à voix haute, demandant l'assistance de Saint Eloi, le protecteur des chevaux, et de Saint François d'Assise qui parlait aux animaux. Quand elle eut terminé, Balthus, Candy et Snoopy ne faisaient plus de bruit, en levant les yeux elle vit la forme du cheval se déformer pour redevenir une spirale blanchâtre qui s'écrasa contre le mur de la grange. Elle respira profondément, remercia le ciel ; les animaux étaient calmes. Elle prit le temps de les rassurer avant de se recoucher. Il était une heure trente et elle ne put se rendormir.

Elle n'avait finalement rien dit à sa fille qui se serait moquée d'elle ou pire encore l'aurait forcée à faire des examens du cerveau. Elle mit sa mine fatiguée sur le compte de l'inconfort du lit de camp et s'accorda une longue sieste de deux heures. Emily et Jade partirent en balade avec la jument et le poney et Corinne eut de la peine en voyant de la fenêtre de sa chambre Balthus seul dans le pré. La soirée et la nuit du dimanche furent calmes, Corinne s'occupa des chevaux le lundi matin pendant que sa fille partait travailler et que Jade reprenait l'école sans enthousiasme. Plus elle pensait à ce qui s'était passé le samedi et plus elle était certaine d'avoir vu le fantôme d'un cheval. Pourquoi était-il venu jusqu'à la grange ? Elle pourrait en savoir plus avec son rendez-vous de quinze heures.

-Quel beau cheval ! Je comprends que vous ayez craqué !

Amandine, la communicatrice, était une jeune femme sympathique, mais Corinne se demandait si elle avait suffisamment d'expérience pour cette tâche délicate.

-Qu'est-ce que vous voulez savoir ?

-Il a eu peur la semaine dernière et s'est cabré lors d'une petite ballade. Il a aussi eu un problème dans son box deux fois…Je ne sais pas pourquoi.

-Attendez un instant, je lui demande la permission de communiquer avec lui.

Balthus se tourna vers Amandine et fit entendre un frémissement de naseaux. La jeune femme hocha la tête et resta silencieuse un moment.

-Il est très content d'être ici, il vous aime énormément… Vous l'avez adopté récemment ?

Corinne fit oui de la tête, déçue par la banalité des propos.

-Il n'a pas mal au dos et ses sabots lui conviennent. Il est très reconnaissant.

Corinne réprima un soupir d'agacement.

-Vous pouvez lui demander pourquoi il a eu peur ?

Amandine se concentra.

-Il ne veut pas en parler... Il me montre un autre cheval plus clair, gris peut-être ? Ce cheval est malade, mais les propriétaires ne s'en sont pas rendu compte... Il me montre aussi deux autres chevaux, un grand et un petit. Il les aime bien, il les protège.

Corinne désigna Candy et Snoopy un peu plus loin et fit d'un ton un peu ironique :

-Ce serait pas eux par hasard ?

Amandine leur jeta un coup d'œil rapide et hocha la tête. Corinne sentait l'énervement la gagner.

-Attendez... Il me montre un chemin et quelque chose de blanc. Il a eu très peur. Il est désolé de vous avoir fait tomber.

Corinne retint son souffle.

-Ah ! Il me montre son box maintenant. Il y a encore cette chose blanche, comme de la fumée, qui le terrorise. Il m'envoie encore des images du cheval clair, celui qui était malade.

-C'est quoi cette chose blanche ?

Amandine ne répondit pas tout de suite. Elle fronça les sourcils :

-Il dit que vous le savez. Vous savez ce que c'est. Vous étiez là avec lui... Son ancien propriétaire était méchant ... Je vois qu'on le menace avec une cravache...Il ne veut plus communiquer.

Corinne était stupéfaite. Amandine lui sourit et lui demanda si elle voulait une communication avec les deux autres équidés.

-Une prochaine fois, merci.

En partant, Amandine lui dit que Balthus avait besoin d'elle et d'être rassuré.

Cela faisait une bonne heure que Corinne faisait ses recherches sur le site des archives du journal local, elle n'avait pas de date précise et devait procéder sur une période de vingt ans. Elle était sûre que l'apparition vue avec Balthus était celle du cheval qui s'était échappé du box à la porte neuve, il avait peut-être eu un accident et elle espérait retrouver un article le mentionnant. Elle soupira et se dit qu'elle ne trouverait rien. Parvenue à la dernière page des archives de l'année 2004, son œil se fixa sur un petit article qui parlait d'un cheval retrouvé mort près du chemin emprunté avec Balthus, il avait été identifié comme appartenant à Mr Cazés, un cheval gris clair appelé Manguo. On ne disait rien de son état de santé, juste qu'il s'était brisé la colonne en tombant dans un petit ravin. C'était lui, elle le savait. Combien de temps avait-il agonisé sans personne pour l'aider ? Il fallait faire quelque chose pour qu'il parte de la grange et aille dans ce qu'elle nommait : le paradis des chevaux. Elle rappela Amandine.

-Vous avez déjà fait ce genre de choses ?

-Oui, il n'y a pas de problème.

En raccrochant, elle se dit que sa fille la traiterait de complètement givrée et qu'elle aurait peut-être raison. Mais elle devait penser au bien-être des chevaux et du poney, elle sentait que Manguo n'était pas vraiment passé de l'autre côté. La cérémonie était prévue le lendemain après-midi, Emily et Jade n'étant pas là. Elle se mit en quête d'une grosse bougie puis nettoya la cuisine à fond. Balthus se tenait au milieu du pré avec Candy et Snoopy, elle alla leur parler et leur expliqua qu'elle allait faire quelque chose pour Manguo. Là, je suis bonne à enfermer, pensa-t-elle. Elle dormit d'un profond sommeil et se réveilla le cœur léger ; elle sortit les chevaux et le poney, constata qu'ils étaient calmes. À quinze heures, la voiture d'Amandine se gara devant la maison.

-Vous êtes prête ? fit-elle joyeusement.

Corinne l'emmena dans la grange et lui montra le box de Balthus. Elle lui avait expliqué l'histoire de Manguo au téléphone et avait donné des détails sur l'apparition du cheval dans la grange. La communicatrice entra dans le box et alluma la bougie, puis elle ferma les yeux après avoir dit à Corinne de prier. Au bout de quelques minutes, elles entendirent le son de sabots qui se rapprochaient du box.

-Il est là ! murmura Corinne.

Amandine hocha la tête sans ouvrir les yeux. Son visage se crispa tout d'un coup et elle se mit à parler rapidement.

-Il a mal, très mal au ventre…Il étouffe, il veut sortir…Il tape contre le box, il a défoncé la porte…Il court, il est affolé et il souffre toujours autant…Il a couru et est tombé plus bas…Tout son corps lui fait mal…C'est fini maintenant, il ne sent plus rien…

Corinne continuait à prier, elle sentait le souffle du cheval derrière elle.

-Il est revenu dans la grange, il ne sait pas qu'il est mort…

Amandine soupira.

-Il ne comprend pas pourquoi il y a un autre cheval dans son box…

Elle se tut, ouvrit les yeux et fixa la flamme de la bougie pendant un instant.

-Tu vas partir dans un monde merveilleux, Manguo, et retrouver tes amis. Tu ne dois pas rester ici.

Sa voix, plus forte et assurée, résonnait dans la grange silencieuse. Corinne ne sentait plus la présence du cheval. Amandine chanta une mélodie étrange puis souffla sur la bougie et se tourna vers elle, le visage fatigué :

-C'est fini. Il est passé dans l'au-delà.

En sortant de la grange, elles virent les chevaux et le poney qui les attendaient contre la barrière. Balthus hennit bruyamment en secouant la crinière, c'était la première fois qu'il faisait ça chez Corinne.

-Merci ! dit Amandine

Puis elle se tourna vers Corinne :

-Il nous a bien aidées !

Elle remonta dans son break et cria de la vitre entr'ouverte :

-Vous feriez une bonne communicatrice !

Corinne suivit la voiture du regard puis contempla le pré et envoya du bout des doigts un baiser à Balthus.

LE RACCOURCI

-Bon, tu viens ou quoi ?

Clément observa Lucky, un petit corniaud aux yeux expressifs, et estima que le chien était d'accord. Il rejoignit son cousin, évita le regard de Léa ; il en était sûr, elle était dégoûtée par l'acné envahissant ses joues et son front d'adolescent. Lui-même ne pouvait plus se regarder dans une glace.

-On va où, Alex ? demanda la petite blonde en contemplant ses ongles vernis bleu outremer.

Le garçon haussa les épaules et fixa l'horizon de ses yeux clairs qui rendaient folles les filles. Il prit son temps avant de répondre.

-Lucas m'a dit qu'il y a un endroit flippant, un château ou un machin comme ça.

-Flippant ? répéta Léa

-Ouais, il paraît qu'il y a des fantômes. Au sommet d'une tour.

Léa fit une moue avant de rétorquer que c'était un truc pour les gamins. Clément fixait le sol en priant pour ne pas y aller, car il était terrifié par les histoires de revenants. Alexandre se tournait justement vers lui.

-Ça te branche, toi ?

Son cousin laissa échapper un bof qui se voulait désabusé.

-Vous avez une meilleure idée ?

Le ton était un peu agressif. Léa secoua sa chevelure et se dirigea vers la 125 d'Alexandre pendant que Clément caressait Lucky pour se calmer. Puis l'adolescent mit le chien dans une caisse de coursier à l'arrière de son scooter. Il n'avait pas le choix s'il ne voulait pas passer pour un trouillard aux yeux de Léa ; il suivit son cousin qui faisait ronfler la moto autant qu'il pouvait. Léa se serrait contre Alex, rendant Clément jaloux, ils ne sortaient pas encore ensemble, mais ça n'allait pas tarder. La petite route serpentait maintenant au milieu d'un bois, ils n'avaient croisé aucun autre véhicule depuis un bon moment. La moto tourna brusquement à droite dans un chemin envahi de fougères, Clément faillit louper la tournée et s'exclama à l'intention de son cousin :

-Merde... ! Qu'est-ce que tu fous ?

Le scooter avançait péniblement en cahotant sur les creux et les bosses, Lucky fit entendre un court aboiement de protestation. Clément ne voyait toujours pas la moto d'Alex. Il s'imagina qu'ils s'étaient planqués pas loin, qu'ils devaient en être aux préliminaires et qu'ils se moquaient complètement de lui. Le chemin se rétrécissait à quelques mètres devant, il ne voyait plus aucune trace de pneus ; le soleil commençait à chauffer, il s'arrêta et fit lentement demi-tour.

-Eh, gros, on est là !

Alex apparut sur sa gauche, en montrant un arbre contre lequel s'appuyait l'avant de sa moto. Léa se tenait près du châtaignier, le visage renfrogné. Lucky courut vers elle, quémandant une caresse. Elle l'ignora et s'adressa à Clément :

-On est perdus !

Alex protesta, c'était un raccourci pour aller au château et il connaissait le coin. Ce début de querelle réjouissait Clément qui manifesta un certain esprit d'initiative en indiquant, grâce à son portable, un sentier vers le nord, là où se situaient les ruines.

-N'importe quoi ! lâcha son cousin, vexé par le sourire ironique de Léa.

Clément montra l'écran de son téléphone et Alex dut admettre qu'il avait raison. Clément reprit son scooter et le mit à côté de la moto.

-Va falloir y aller à pied, dit-il, laconique.

-Moi je marche pas !

Léa, indignée, fixait ses jolies sandales aux talons de huit centimètres. Hors de question qu'elle les abîme !

-OK, tu nous attends là alors !

Le ton d'Alex était conciliant. La voix de la blondinette monta dans les aiguës.

-Quoi ? Ça va pas !

Alex lui tourna le dos.

-On doit pas être loin. File-moi ton portable, Clem.

-On en a pour dix minutes, reprit-il d'un ton assuré.

Il se retourna vers Léa.

-Allez, viens ! On te portera si t'y arrives pas ! fit-il avec un petit sourire en direction de Clément.

Ils marchaient depuis un bon quart d'heure sur le petit sentier qui s'avérait plutôt agréable à suivre, Léa réclama une pause. Alex s'assit à côté d'elle, lui chuchotant à l'oreille. Elle se mit à rire d'une façon très agaçante et Clément s'éloigna un peu suivi de Lucky qui, comme d'habitude, lui collait aux baskets. Il était en colère contre son cousin et contre lui-même qui n'avait pas eu le courage de s'opposer à la décision d'Alex. Il se trouvait lâche, moche, il n'arriverait jamais à trouver une meuf. En levant la tête, il aperçut au-delà des arbres une espèce de tour en pointe et revint en courant vers ses amis. Il les trouva allongés par terre, Alex avait enlevé son T-shirt, il osa à peine regarder Léa qui exhibait un magnifique soutien-gorge rose. Il resta quelques secondes les bras ballants et c'est Lucky qui en aboyant sépara le couple. Léa se redressa très vite et attrapa son top à bretelles, Alex soupira et lança un regard noir à son cousin.

-Y a une tour là-bas, pas loin, fit Clément d'une voix monocorde.

-Ah ouais ? T'es un vrai pisteur, toi !

Clément haussa les épaules et demanda :

-Vous voulez y aller ou pas ?

-Et si tu décidais pour une fois ?

Le ton sarcastique d'Alex piqua au vif Clément. Léa se leva et déclara qu'elle voulait rentrer. Aucun des deux garçons ne lui prêta attention, Clément fixa son cousin quelques secondes avant de lancer :

-On y va !

Alex, un petit sourire satisfait aux lèvres, balaya les protestations de Léa en la prenant par la main. Lucky les précédait, à la sortie du bois ils se retrouvèrent dans une grande prairie sans aucun château ou ruines à l'horizon. La tour qu'avait vue Clément était en fait le clocher d'une église et on distinguait dans la brume quelques maisons à côté.

-C'est pas possible !

Alex en bégayait, stupéfait par le paysage. Clément hocha la tête, incapable de parler. Léa déclara que c'était nul et qu'ils s'étaient plantés grave. Alex réfléchit avant de lâcher :

-C'est ton appli qui déconne.

Clément protesta tout en réalisant qu'il n'y avait pas d'autre explication logique. Son cousin était déjà venu par un autre chemin, mais il avait quand même un bon sens de l'orientation. Et il n'avait jamais vu ce village avant. Alex se remit en marche, décidé à éclaircir le mystère. Le temps avait changé, la température avait chuté d'au moins dix degrés, Lucky se mit soudain à grogner et fit mine de repartir vers le sentier. Léa frissonnait de froid et elle se sentait très mal à l'aise.

-Ouah ! Regardez ça !

Alex, accroupi dans l'herbe, montra des petites fleurs couvertes de gel.

-C'est zarbi, non ?

Il cherche à nous faire peur, se dit Clément, il tient vraiment à son moment flippant. Il appela le chien qui hésita à le rejoindre, ce qui était inhabituel. Lucky vint à lui puis lui montra qu'il voulait repartir.

-Qu'est-ce qu'il a ton clebs ?

-Il n'aime pas cet endroit…et moi non plus ! intervint Léa.

Alex passa son bras autour des épaules de sa copine d'un air protecteur. Clément le remarqua à peine, il avait la gorge serrée par l'angoisse. Rien n'était normal ici, le silence aussi était effrayant.

-Je connaissais pas du tout ce coin. Et toi ?

Son cousin secoua la tête et suggéra de rebrousser chemin.

-Tu flippes, gros ?

Léa vint soutenir Clément.

-On reste pas là, c'est chelou.

-Moi, je vais jeter un œil, fanfaronna Alexandre.

Ils suivirent du regard le jeune homme jusqu'à ce qu'il soit happé par la brume. Clément enleva sa large écharpe en coton et la tendit à Léa qui recommençait à grelotter, elle le remercia en la posant comme un châle sur ses épaules nues. Elle était vraiment belle et en plus elle portait son écharpe ! Léa s'étonnant de son sourire béat, il regarda son portable pour se donner une contenance et poussa un juron.

-Y a pas de réseau ! expliqua-t-il

Le portable de Léa ne marchait pas davantage. Lucky était couché à leurs pieds et grognait de temps en temps, le soleil avait disparu et l'atmosphère était automnale. Léa fit quelques pas pour se réchauffer et ils se mirent à parler à voix basse. Clément découvrit ainsi qu'ils partageaient les mêmes goûts en matière de musique et que Léa était passionnée par la danse contemporaine. Il ne pensait même plus à son acné, quand elle le regardait il se sentait super heureux.

-Ça fait un moment qu'il est parti, remarqua la jeune fille.

Clément resta muet, se doutant de la suite.

-On devrait aller voir, non ?

Le ton de Léa trahissait son anxiété. Il craqua devant ses yeux implorants. Le moment était venu de se dépasser, de faire acte de courage. Clément redressa les épaules et tenta d'adopter une démarche plus virile en traversant la prairie. Lucky gémit plusieurs fois avant de se décider à les rejoindre ; Léa peinait sur ses hautes sandales, il s'arrêta pour l'attendre. Elle fit remarquer qu'on n'y voyait rien. Ils atteignirent enfin le village et une maison émergea de la brume, avec sa magnifique façade à colombages.

-C'est super vieux ! fit Léa.

Clément hocha la tête. Dans le silence de plomb, le bruit des talons de Léa résonnait sur le pavé en pierre. Ils passèrent devant d'autres maisons de même style.

-Y a personne ici !

Quand Léa était angoissée, elle avait besoin de parler. Aucun des deux n'osa prononcer les deux mots qui définissaient l'endroit : village fantôme. Clément remarqua le poil hérissé de Lucky et sa gorge se serra. Il injuria par la pensée son cousin qui les obligeait à venir le chercher. Il fallait avancer au moins jusqu'au bout de la rue, après ils verraient.

-Il a dû se planquer ! dit Léa

Pourquoi il ferait ça ?

-Pour nous faire flipper ! Ça le fait kiffer.

Ils étaient arrivés devant l'église. Le garçon leva la tête et vit, surpris, le clocher à moitié construit. C'est à ce moment-là que Léa se mit à appeler Alex. Clément lui fit signe de se taire, il avait aperçu une silhouette quelques mètres plus bas dans la rue. Lucky s'était remis à grogner.

-Tu crois que c'est Alex ? murmura la jeune fille.

Clément secoua la tête et attrapa le bras de Léa, ils se dissimulèrent sous le porche. Il siffla doucement Lucky qui les rejoignit et se serra contre sa jambe. La silhouette massive se rapprochait d'eux lentement, leurs cœurs s'affolèrent, le cerveau vide de Clément ne lui proposa aucune solution. Ils distinguaient maintenant un homme aux cheveux longs vêtu d'une espèce de cape marron et d'un chapeau à larges bords. Ils se collèrent contre la porte de l'église, mais le villageois s'arrêta, se tourna vers eux et leur parla dans une langue étrangère. Ses yeux sombres et son ton emporté les terrifièrent, Clément dut attraper Lucky par le collier et le prendre dans ses bras, car il était prêt à se jeter à la gorge du type, Léa s'était collée contre son ami. L'homme attendit un instant, haussa les épaules et continua son chemin.

-C'est qui ce mec ? questionna Léa d'une voix craintive.

N'obtenant pas de réponse, elle continua :

-T'as vu comment il était sapé ? T'as compris ce qu'il a dit ?

-Non.

Il posa le chien à terre et ajouta d'un ton ferme :

-Il vaut mieux rentrer.

-Et Alex ?

-Tu vois bien qu'il est pas là.

Léa n'insista pas, sentant que Clément était agacé. Ils redescendirent la rue rapidement, attentifs au moindre bruit. Lucky trottait devant eux, la brume s'était encore épaissie. Devant la dernière maison, ils tournèrent à gauche et cherchèrent sans succès la prairie. Ils se retrouvèrent à l'entrée d'une forêt.

-On aurait dû tourner avant, affirma Clément

Léa ne répondit pas, elle avait trop peur qu'ils se soient perdus. Ils firent demi-tour, remontèrent un peu la rue et ne virent toujours pas de prairie. C'était encore la forêt.

-C'est pas possible ! s'exclama l'adolescent.

Il remarqua que Léa claquait des dents et la prit par les épaules.

-T'inquiète pas ! On va trouver.

Il regarda le chien, se concentra et lui transmit un message de SOS « sortir du village ». Il avait déjà expérimenté la télépathie avec lui et cela avait bien marché. En fait, ça avait réussi seulement deux fois.

-Aide-nous, Lucky, s'il te plaît.

Le chien s'assit et remua la queue. Puis il sauta sur les jambes de son ami comme s'il lui faisait la fête. Clément lui caressa la tête et se concentra de nouveau sur le message. Lucky se mit soudain à renifler la rue de tous les côté, partit en courant sur la gauche et s'élança vers le bois, Clément et Léa le suivirent sans pouvoir le rattraper et le chien disparut entre les arbres. Le garçon le siffla plusieurs fois sans succès, il continua néanmoins dans sa direction, confiant dans les capacités de Lucky à retrouver son chemin. Léa poussa un cri :

-Il est là !

Le chien surgit sur leur droite, continuant à renifler le chemin de terre qui menait à la forêt. Puis il s'arrêta net, hésita quelques secondes avant d'uriner longuement. Il trottina ensuite vers Clément, s'assit à ses pieds et le regarda fixement.

-Cherche le chemin, lui dit le garçon avec douceur.

-Il comprend pas ! fit Léa en haussant les épaules.

Lucky leva le museau, huma l'air froid et repartit vers les arbres sans hésiter. Clément prit la main de Léa et tous deux marchèrent dans les pas du chien. Il faisait de plus en plus sombre et ils avaient faim. Depuis combien de temps étaient-ils là ? Pourquoi ne retrouvaient-ils pas la prairie ? Ils avaient l'impression qu'ils ne sortiraient jamais de cette forêt. Le chien revint vers eux, frétillant de joie. Quelque chose d'incroyable se produisit alors : ils arrivaient maintenant dans la prairie qu'ils avaient traversée à l'allée, comme si on les avait téléportés, se dit Clément. Léa poussa un cri de joie et le garçon félicita Lucky, les rayons d'un soleil au zénith les réchauffèrent. Une autre chose incroyable arriva : Léa se tourna vers Clément et l'embrassa sur la bouche. Il ressentit un petit étourdissement et resta quelques secondes immobile.

-Excuse-moi ! fit Léa. Je suis trop contente, tu comprends !

Clément hocha la tête et articula qu'il n'y avait pas de blème. Lucky les guida vers le petit sentier emprunté à leur départ, Léa constata que son portable fonctionnait de nouveau et s'exclama en regardant l'écran :

-Il est midi vingt ! Quelle heure tu as toi ?

Celui du garçon indiquait la même heure. La date était celle du lendemain du jour où ils avaient fait leur balade.

-C'est pas possible ! On est pas partis aussi longtemps ! s'exclama Clément, inquiet.

-C'est les portables qui sont HS, répliqua Léa d'un ton ferme.

Elle en avait assez de ces histoires chelous, l'important c'était d'être revenus, elle ne voulait pas avoir plus de détails. Ils atteignaient l'arbre où ils avaient laissé les deux-roues, le scooter était là, mais pas la moto d'Alex.

-J'en étais sûre ! Il est parti avant nous !

-Mais on l'aurait vu, non ?

Clément fronçait les sourcils, cherchant une explication. Léa avait déjà placé le chien dans la caisse. Il mit son casque, enfourcha le scooter qui démarra sans problème et Léa se glissa entre Lucky et lui ; il sentait la chaleur de son corps contre le sien et en fut troublé. Il roula lentement jusqu'à la route, à peine avait-il tourné qu'un véhicule de gendarmerie arriva à leur hauteur et lui fit signe de s'arrêter. Ils demandèrent leurs pièces d'identité. Clément était crispé, Léa n'ayant pas de casque l'amende allait tomber. Le gendarme s'exclama à l'intention de sa collègue dans la voiture :

-Ce sont les jeunes qui ont été portés disparus hier !

Se retournant vers eux, il fit :

-Vous avez fait une fugue tous les deux ?

Clément secoua la tête et Léa leva les yeux au ciel. Le type s'adressa à Clément, puis à Léa :

-Tu nous suis à la gendarmerie... Et toi tu viens avec nous dans la voiture !

La déposition avait pris du temps, les gendarmes ne les avaient pas crus bien entendu. Les parents des adolescents étaient arrivés, les retrouvailles avaient été chaleureuses du côté de Léa, mais plus difficiles pour Clément, dont le père menaçait de lui enlever le scooter et de le priver de sorties jusqu'aux vacances. Ils apprirent qu'Alex était rentré le jour même de leur ballade et avait raconté qu'ils avaient disparu. Les recherches avaient commencé le soir et les familles des jeunes gens avaient traversé de sales moments, imaginant le pire. La mère de Clément le questionna longuement sur les détails de leur itinéraire, elle avait l'esprit assez ouvert sur les phénomènes surnaturels et en conclut que son fils et Léa avaient eu une expérience de voyance qui leur avait fait perdre la notion du temps. Son mari ironisa, lui faisant remarquer que ce n'était certainement pas le passe-temps favori de deux ados en ballade ; ils s'étaient perdus, voilà tout, et ils avaient dû bien en profiter ! Les parents de Léa lui prenaient maintenant la tête, la traitant de mytho et lui interdisant toute sortie sans eux, ils étaient allés jusqu'à lui confisquer son portable ! Leur histoire avait fait le tour du lycée et ils devaient affronter au quotidien remarques blessantes et rires dans leurs dos. Clément disait à Léa que ça allait se tasser, mais elle l'évitait depuis leur retour et il en était malheureux ; Alex, lui, ne leur apportait aucun soutien, il sortait déjà avec une autre fille de sa classe. Sa version de l'histoire ne changeait

71

pas : il avait remonté la rue jusqu'à l'église et était reparti en suivant, mais il ne les avait pas vus dans la prairie. Il avait attendu un moment puis était rentré par le même chemin. Dès que son cousin demandait des détails, il changeait de conversation ou l'envoyait bouler. Clément passait et repassait le film dans sa tête, sans trouver une seule hypothèse convaincante malgré des recherches assidues sur Internet. Sa mère frappa à la porte de sa chambre :

-J'ai une idée, mon chaton ! fit-elle d'un ton joyeux.

Clément la regarda sans comprendre.

-Oui, tu sais pour cette histoire du village… On pourrait aller voir aux archives municipales, il y a peut-être une photo ou un texte là-dessus.

Son fils prit d'abord un air dubitatif, puis répondit qu'on pouvait essayer. Il précisa qu'il irait voir le lendemain. Il refusait qu'elle l'accompagne, ce serait trop la honte si un de ses potes les voyait ensemble.

L'archiviste indiqua plusieurs documents, Clément lui avait parlé de recherches historiques sur la région pour un exposé. Le garçon s'assit face à un ordinateur et consulta le site d'archives municipales en essayant différentes périodes du dix-septième et dix-huitième siècle. Au bout d'une heure, il n'avait toujours rien trouvé et décida de consulter les archives papier. Il tomba sur une gravure datée de 1511 et resta bouche ouverte, l'œil rivé sur le document où apparaissaient de vieilles maisons et une église au clocher en cours de construction. Son cœur s'emballa, il avait la sensation d'être encore dans cette rue avec Léa. Le texte stipulait que le village avait été brûlé en 1542, suite à une épidémie de peste, et qu'il n'en restait plus rien, la localisation correspondait à l'endroit découvert par les trois adolescents. Il se leva et demanda à l'archiviste d'imprimer le document, celle-ci soupira avant de solliciter de nouveau sa collègue. Clément interrogea sa mère dès son retour à la maison.

-On a fait un voyage dans le temps, tu crois ?

-Je ne sais pas si ça existe ! Moi je pense que vous avez eu un genre de vision.

-Tu veux dire…comme les voyants ?

Sa mère hocha la tête.

-Ce n'est pas la première fois que ça arrive. Il y a eu l'histoire des Anglaises au Petit Trianon au début du vingtième siècle, elles ont croisé des personnes en costume d'époque et vu la reine Marie-Antoinette. On a donné des hypothèses pas vraiment concluantes, certains disent même que ce serait une faille temporelle.

-Ouah ! fit Clément, impressionné.

-Et il y a eu d'autres personnes qui ont vu la même chose au Trianon plus tard.

Elle ajouta :

-Si on y retournait ensemble ?

Clément soupira et fit non de la tête. Il n'avait absolument pas envie de se retrouver dans ce lieu effrayant ni d'échafauder d'autres explications à cette aventure.

-CLEMENT !!! T'es où ???

La voix stridente retentit tout le long du chemin avant d'agresser les oreilles du garçon. Il regarda avec un peu de nostalgie le châtaignier près duquel il avait garé son scooter et cria à sa mère qu'il l'attendait. Lucky apparut, la précédant de peu. Ils suivirent le sentier et arrivèrent à la lisière de la forêt ; ils virent distinctement des ruines sur la droite, mais aucune prairie et aucun village. Elle voulut absolument voir le château, détruit à la Révolution. Il n'y avait rien de remarquable et ils repartirent rapidement, Lucky trottinait devant eux. Clément marcha sur son lacet défait et se baissa pour le renouer, il sentit alors quelque chose dans son dos et se retourna brusquement, à quelques mètres derrière l'homme au

73

chapeau le regardait méchamment. Clément resta tétanisé trois secondes puis poussa un cri de terreur et s'échappa ; il rattrapa sa mère, la prit par le poignet et la força à courir malgré ses protestations. Lucky s'était remis à grogner, puis à aboyer et les avait suivis.

-Arrête Clément ! fit- elle, essoufflée.

Il lui obéit et se décida à jeter un coup d'œil en arrière, il ne vit personne. Il demanda d'un ton inquiet :

-Tu l'as vu ?

-Qui ?

-L'homme avec le chapeau.

-Non. Il n'y avait personne.

Clément se raidit.

-Je suis pas fou quand même ! Je l'ai vu !

Elle l'entraîna jusqu'à la voiture garée en bordure de la route, le poussa à l'intérieur et lui parla avec douceur :

-Tu as eu une vision du passé, mon chaton. Ton grand-père était comme toi. Ce n'est rien d'anormal, tout le monde a cette capacité plus ou moins développée.

-Mais…Léa et Alexandre…et Lucky ?

-Vous avez partagé cette vision, on dirait.

Clément était sceptique. Le saut dans le temps lui semblait plus plausible et plus intéressant. Sa mère ajouta :

-Les animaux sont particulièrement sensibles aux fantômes.

-Ce n'était pas un fantôme, rétorqua vivement Clément.

Elle démarra et ils restèrent chacun plongé dans leurs pensées jusqu'à la maison. À côté du portail, Léa les attendait. Elle lui adressa un bonjour timide et dit qu'elle avait besoin de ses notes du dernier cours de maths. Dès qu'ils furent seuls, elle avoua :

-J'avais envie de te parler.

-Ah oui ? Pourquoi tu m'évites depuis un mois alors ?

La voix de Clément était froide. Léa ne se formalisa pas et lui prit la main.

-On a partagé des trucs forts, toi et moi. Ça te dit qu'on se revoit ?

Il plongea ses yeux dans les siens et lui sourit.

-OK, mais plus de ballades dans les ruines.

Sa mère laissa tomber le rideau sur la fenêtre de la chambre, quitta son poste d'observation et dit à son mari :

-Il a changé notre fils, tu ne trouves pas ?

Alexandre se tenait au bord de la prairie, il avait été attiré de nouveau dans cet endroit par une force étrange. Qu'importe s'il ne revenait pas, c'était un aventurier dans l'âme et sa vie lui pesait terriblement. Il aspira l'air glacé et se dirigea vers le village à grands pas.

PENDRAGON

-C'est un changement radical ! Vous allez enfin être vous-même, exprimer tout votre potentiel !

Mewenn, surprise par l'enthousiasme de la femme, était partagée entre soulagement et incrédulité. Elle n'était pas venue ici pour entendre des promesses de futur merveilleux, quelques suggestions positives auraient été suffisantes. Les doigts chargés de bagues en or se posaient maintenant sur un autre paquet de cartes, les mélangeaient et en sortaient cinq que la cartomancienne étala devant elle. Nouvelle exclamation :

-Vraiment extraordinaire !

La consultante laissa échapper un soupir d'énervement. Cette femme devait dire la même chose à la plupart de ses clientes. Elle avait hésité avant de venir, ne jugeant pas raisonnable de dépenser soixante euros. Son amie Laura l'avait convaincue, en lui vantant les qualités de voyance hors du commun de Madame Florin. Cette dernière leva les yeux et fixa d'un air absent le visage impassible de Mewenn avant de murmurer :

-Les cartes ne disent plus rien...

C'était le moment de fouiller dans le sac à main et de sortir son portefeuille. Elle marchait maintenant le long d'un grand boulevard, tête baissée, ruminant la tristesse de sa vie. Vingt-quatre ans, pas de travail et plus d'espoir de fonder une famille, son copain l'ayant quitté le mois dernier. Il disait qu'elle était trop pessimiste, mais la jeune femme avait une toute autre explication depuis qu'elle

76

l'avait aperçue dans un bar en train d'embrasser une bimbo blonde. Mewenn s'estimait peu attirante avec son grand nez et ses lèvres fines, de plus elle pensait être trop maigre et trop blanche. Elle ne faisait aucun cas de ses beaux yeux verts et de sa chevelure qu'elle qualifiait d'hirsute. Elle n'avait pas l'habitude des compliments de toute façon.

-Si tu te mettais un peu en valeur... lui répétait sa mère, qui se regardait dans le miroir vingt fois par jour.

Elle avait été stupéfaite d'apprendre que sa fille avait enfin trouvé un petit ami. Son père n'avait jamais été très intéressé par elle, préférant se consacrer à sa descendance mâle. Il estimait avoir déjà fait un magnifique cadeau en lui donnant son nom, un nom de légende, impossible à assumer pour la timide Mewenn. Un nom qui, s'il lui avait valu une certaine admiration à l'école primaire, avait cristallisé toutes les moqueries et méchancetés possibles au collège dès ses douze ans. Un nom celte qui signifiait chef des armées ou pire encore tête de dragon. Elle détestait l'appel avant chaque cours, les sourires narquois quand retentissait son nom. Son prénom, choisi par son père en hommage à l'arrière-grand-mère, n'arrangeait rien. Son frère Kélian l'assumait mieux qu'elle, il était d'un tempérament bagarreur. Elle avait bien des fois répété dans sa chambre : « Je m'appelle Mewenn Pendragon. », d'abord d'un ton hésitant puis de plus en plus assuré. Hélas, dès qu'elle se trouvait devant quelqu'un, elle bafouillait, baissait le ton et forcément son interlocuteur lui demandait de répéter, ce qui la mettait encore plus mal à l'aise.

-Tu devrais être fière de t'appeler comme ça ! disait son père en montrant l'enseigne en lettres d'or de son armurerie.

Elle n'avait jamais voulu travailler avec lui et sa clientèle de chasseurs, révoltée à l'idée des crimes commis sur les animaux. Après le bac, elle avait fait une formation d'auxiliaire vétérinaire et avait adoré le contact avec les animaux, réalisant qu'elle était bien plus à l'aise avec eux qu'avec les humains. La vétérinaire qui l'avait accueillie pendant son stage l'estimait réellement douée ; Mewenn n'avait jamais été mordue ni même griffée, sa présence calmait comme par magie les patients agressifs ou craintifs. Elle avait par la suite trouvé un CDD dans un autre cabinet près de Paris, mais avait donné sa démission au bout de deux mois, après l'euthanasie d'un chien. C'était le vétérinaire qui avait persuadé la propriétaire de mettre fin aux souffrances du labrit. Le regard résigné de Fifi la hantait encore. Elle avait passé du temps à lui redonner de l'énergie, elle sentait qu'il allait s'en sortir ; elle n'avait rien pu faire face aux certitudes du vétérinaire et s'en était voulu. La galère avait commencé avec les petits boulots qui ne suffisaient pas à payer le loyer de son studio. Heureusement Laura l'avait hébergée quelque temps et c'est à ce moment-là qu'elle avait rencontré Maxime, dans un café où elle et son amie s'exerçaient au karaoké le samedi. Il chantait aussi mal qu'elle et ils avaient beaucoup ri après un duo catastrophique sur « Paroles, paroles ». Elle ne s'était jamais sentie aussi à l'aise avec un garçon, elle était persuadée qu'ils allaient rester ensemble toute la vie. Une histoire de dix mois dont elle n'avait pas fait le deuil.

Retour à la case départ, pensa-t-elle le cœur serré en arrivant devant la porte de la maison. Elle croisa le regard lourd de reproches de sa mère, accompagné d'un : « Où tu étais ? » agressif auquel elle ne répondit pas et alla directement dans sa chambre, envoyant balader ses chaussures sous le bureau. Elle se noya dans la musique et n'entendit pas son portable sonner. Elle n'écouta le message de son frère que le lendemain, une histoire de boulot saisonnier dans une crêperie en Bretagne ; Kélian précisait que c'était un ami qui lui avait filé l'info et qu'il fallait faire vite, il y avait plein de candidats pour cette place... N'importe quoi ! Les gens se mettaient à baver devant une place de serveuse, pour un CDD de deux mois ! Elle avait donné côté remplacements dans les bars, fast foods et restos ; elle trouverait bien quelque chose de plus sympa pour l'été. Elle réfléchit un moment avant de se décider à contacter Laura. Le résultat fut décevant, son amie n'avait qu'une piste pour travailler un mois dans une sandwicherie, en plus elle ne pourrait pas l'héberger, car elle attendait la visite de cousins en juillet. Elle lui conseilla d'essayer la Bretagne, ajoutant que ça lui aérerait la tête de partir. Mewenn n'avait pas gardé un très bon souvenir de cette région depuis un séjour chez un oncle dans le Finistère où elle s'était ennuyée ferme, elle avait quatorze ans à l'époque et s'était juré de ne plus y remettre les pieds. Elle se mit donc à consulter les annonces internet pour des travaux agricoles, en sélectionna deux dans la région et posa sa candidature. Après tout, autant travailler au grand air, peut être même qu'elle finirait par bronzer et qu'elle pourrait porter ce short qu'elle venait d'acheter sur un coup de tête. Peut-être même qu'elle pourrait rencontrer un garçon plus intéressant que Maxime. Son cœur se serrait chaque fois qu'elle repensait à lui.

-Mewenn !

-Quoi ? fit-elle d'un ton agacé.

Sa mère, essoufflée, entra dans la chambre.

-Ton frère m'a dit qu'il t'avait trouvé du travail.

C'était bien le style de Kélian de se faire mousser devant sa mère.

-C'est juste une info.

-Tu as téléphoné au moins ?

-Pas encore. J'ai postulé pour deux autres jobs.

-C'est quoi comme travail ?

Sa mère était en mode interrogatoire de police, il fallait trouver un moyen de la stopper.

-Auxiliaire vétérinaire.

Elle espérait éviter ainsi la ritournelle : « Je me demande pourquoi on t'a payé des études. »

-Tu crois qu'ils vont te prendre après ta démission chez le vétérinaire ?

Mewenn crispa la mâchoire.

-Je continue à chercher, fit-elle d'une voix neutre.

Mr Le Corre se préparait à recevoir le couple de restaurateurs qui avaient déposé leur demande d'autorisation de terrasse ouverte. Il aurait dû leur donner une réponse le mois dernier, mais il avait été débordé de demandes multiples concernant les nouveaux équipements pour la saison touristique. Son adjointe avait trouvé le moyen d'attraper une mauvaise grippe juste à ce moment-là et sa secrétaire, qui se disait surmenée, n'avait pas augmenté son rythme de travail pour autant. Il était donc resté seul dans la tourmente aux commandes de son village, l'un des plus appréciés par les vacanciers amoureux de nature et de légendes. Situé près de Paimpont, à la lisière de la forêt de Brocéliande, cet endroit devenait un genre de mini-parc d'attractions dès le premier juillet. Certains habitants s'étaient déjà plaints de ces abus de publicité qui enlaidissaient la petite bourgade ; lui-même était partagé entre son devoir de maire de développer l'économie de son village natal et son désir de préserver la nature et la culture bretonnes.

-Entrez ! fit-il d'un ton légèrement autoritaire.

Le couple s'installa en face de lui et commença à se plaindre du traitement de leur dossier, la femme était assez vindicative alors que son mari se contentait de hocher la tête pour manifester son soutien. Oui, mais il pesait dans les cent kilos et Le Corre se dit qu'il ne valait mieux pas le contrarier ; il prit un ton apaisant et se força à sourire en leur répondant que l'autorisation était quasiment accordée, qu'ils n'avaient pas à s'inquiéter, ils pourraient même commencer les travaux tout de suite. Le mari se leva soudain de son fauteuil, se pencha au-dessus du bureau et articula d'un ton glacial :

-Les travaux sont déjà finis, Monsieur le Maire ! La haute saison commence dans deux semaines.

Puis se retournant vers sa femme :

-Tu viens Choupette ?

Elle se leva, ordonna au maire d'envoyer l'autorisation au plus vite et sortit en faisant claquer ses talons hauts. Mr Le Corre passa plusieurs fois la main sur son crâne chauve pour se calmer, puis saisit son portable qui venait de sonner. Une voix grave et calme murmura :

-C'est pour bientôt, Alan. Il faut préparer la cérémonie.

Il resta plusieurs minutes l'œil dans le vague après son coup de fil jusqu'à ce que la secrétaire lui apporte un café bien sucré ; il en profita pour se lamenter sur l'ingratitude de ses administrés, sur l'accroissement de sa charge de travail et sur son arthrose dans l'épaule, oubliant complètement de lui demander comment elle allait.

Mewenn monta dans le car à Rennes, elle se sentait déprimée de revenir en Bretagne et de surcroît pour un job stressant. Mais le changement de paysage lui faisait du bien et elle espérait de belles promenades dans la forêt de Paimpont. Kélian lui avait pris la tête, répétant mille fois qu'il avait fallu un sacré piston pour dégoter un boulot à cette époque de l'année. De toute façon, elle n'avait rien trouvé d'autre. Et puis être là ou ailleurs, ça ne changeait rien à ses problèmes. À Paimpont, elle dut prendre un autre bus pour se rendre à destination, les patrons de la crêperie lui fournissaient un logement gratuit chez un particulier, ce qui était un réel avantage. Elle n'eut pas de mal à trouver la maison de pierres aux volets verts dans la rue principale, une petite femme aux cheveux blancs l'accueillit avec un joyeux sourire. Agnès Fustec était l'une des plus anciennes habitantes du village et connaissait presque tout le monde, elle était bavarde de nature et ravie d'avoir enfin de la compagnie, elle fit répéter son nom à Mewenn avant de s'exclamer :

-Quel nom, mon Dieu, quel nom magnifique !

Elle posa une foule de questions sur l'arbre généalogique des Pendragon avant de raconter les origines de sa propre famille, insistant sur le fait que si son défunt mari devait son nom à une lignée de tonneliers, elle-même était une demoiselle Le Bars dont les ancêtres étaient des bardes déclamant de la poésie du côté de Rennes. Mewenn la trouva sympathique bien qu'assez étrange avec ses envolées lyriques. Agnès, un peu déçue du manque d'intérêt de sa locataire pour l'histoire de la Bretagne, insista pour lui prêter un livre sur les druides. Le soir, elles mangèrent une tarte aux pommes de terre et lardons qu'Agnès avait préparée spécialement pour Mewenn, c'était une recette traditionnelle de la région, et elle dit avec un sourire malicieux :

-Je n'allais quand même pas vous faire des galettes !

Elle avançait péniblement dans la forêt sombre aux arbres immenses, cherchant une issue à cette prison végétale sans ciel. Le silence l'enveloppait et elle sentait la peur serrer sa poitrine, mais elle continuait sa marche, sentant qu'elle ne devait pas rester immobile, car quelque chose la surveillait. Elle aperçut soudain un petit rayon de lumière devant elle et accéléra le pas, quelques mètres plus loin elle déboucha dans une clairière parfaitement circulaire au milieu de laquelle se dressait un grand menhir. Elle leva la tête pour regarder le soleil et, étonnée, entendit son nom prononcé plusieurs fois par une voix enfantine. Un léger craquement la fit se retourner : un homme en robe blanche la fixait, il fut rejoint par un groupe vêtu de blanc qui chantait. L'homme prononça quelques mots dans un dialecte inconnu avant de pointer une épée sur la gorge de Mewenn. Terrifiée, les jambes paralysées, elle aspira une bouffée d'air et hurla. Elle se réveilla en sursaut et resta longtemps les yeux ouverts dans le noir avant de parvenir à se rendormir.

-Petit fripon ! Tu étais passé où ?

Agnès s'efforçait de prendre un ton sévère, mais Cathbad n'en avait cure. C'était un magnifique chartreux de quatre ans doté d'un caractère réservé. Mewenn arrivait dans la cuisine à ce moment-là, elle le regarda d'un œil professionnel et fit :

-Quelle beauté !

Le chat l'observa sans bouger puis vint se frotter à ses jambes. Agnès en resta bouche bée.

-Ils n'aiment pas les étrangers d'habitude !

-Je m'entends bien avec les animaux, fit Mewenn avant de prendre son café. Il s'appelle comment ?

-Cathbad. C'était un druide irlandais ; son nom veut dire : tueur au combat.

-Et il en tue beaucoup des souris ?

-C'est un chasseur féroce, croyez-moi !

Agnès rit.

-Vous avez bien dormi ?

-Oui…sauf que j'ai fait un cauchemar après avoir lu votre livre.

-Vraiment ? Qu'est-ce qui vous a fait peur ?

Mewenn secoua la tête.

-Rien de particulier…J'aimerais bien faire un tour avant d'aller travailler, je ne commence qu'à onze heures.

Agnès lui indiqua un petit circuit et rajouta que la crêperie était à dix minutes à pied de chez elle.

Alan Le Corre s'absenta de la mairie ce matin-là. Il gara sa voiture devant une petite maison en bois à l'écart du village, la porte s'ouvrit avant même qu'il ne sonne. Un homme d'une soixantaine d'années aux yeux clairs l'accueillit avec quelques mots en breton et lui servit un café à l'arôme suave.

-Tu as prévenu les autres ? questionna Alan avec un brin d'anxiété.

Irwan hocha la tête et déclara :

-La pleine lune de mercredi sera le moment idéal.

-Mercredi ? C'est un peu tôt !

-Après ce sera trop tard, fit son interlocuteur d'un ton ferme.

Alan baissa la tête puis fit un signe d'approbation ; ils se mirent alors à détailler l'organisation de la cérémonie. Au bout d'une heure, le maire quitta son ami, prit la direction du village et s'arrêta devant la maison d'Agnès. Nouvelle conversation en breton et nouveau café au goût plus corsé. Agnès protesta que la date était trop proche, mais il lui répliqua impérieusement qu'ils n'avaient pas le choix. Il ne rejoignit son bureau que vers dix heures trente, ce qui énerva sa secrétaire, convaincue qu'il se donnait du bon temps alors qu'elle portait quasiment la mairie sur ses épaules. Elle lui fit partager sa mauvaise humeur le reste de la matinée, mais il ne s'en rendit même pas compte tant il était concentré sur son mystérieux objectif.

Mewenn, après un rapide tour du village, se dirigea vers le parc municipal peu fréquenté à cette heure de la journée. Au fond, derrière deux chênes, se trouvait un petit menhir, une pancarte indiquait le nord de la forêt de Brocéliande comme lieu d'origine. En effleurant la pierre dressée, elle ressentit un fort picotement dans ses doigts et regarda l'intérieur de sa main, persuadée qu'un insecte venait de la piquer. Elle ne trouva rien sur sa peau lisse, mais au bout d'une minute, le picotement avait envahi ses bras, puis sa poitrine, son dos et ses jambes. Mewenn, un peu inquiète, se mit à marcher rapidement pour faire circuler le sang dans son corps, elle fit deux fois le tour du jardin et s'arrêta en nage. Après plusieurs respirations profondes, elle se dit qu'elle était ridicule d'être stressée par sa première journée de travail. La crêperie Brocéliande affichait complet à vingt heures. Les deux serveurs n'arrêtaient pas de slalomer entre les tables, le garçon s'adressa au patron derrière sa plaque à crêpes pour réclamer sa commande.

-Ouais, ça vient, fit le cuisinier.

-Les clients râlent ! rétorqua Manu.

-Choupette ! Viens me donner un coup de main !

Sa femme le fusilla du regard avant de passer derrière le comptoir pour garnir les galettes.

-Et la nouvelle, comment elle se débrouille ? fit le patron à Manu.

-Bien, répondit le serveur en repartant en terrasse.

Il fit un signe amical à Mewenn, la jeune fille était aussi rapide que lui, mais elle avait du mal à sourire aux clients. Ce travail l'ennuyait déjà et ce n'était que son premier jour. Il était minuit passé quand elle rentra, la lumière du salon d'Agnès était allumée. Mewenn la trouva, au bord des larmes, assise sur le canapé. Cathbad dormait dans son panier à côté d'elle.

-Qu'est-ce qui vous arrive, Agnès ?

Cette dernière désigna le chat de la main.

-Il va mal depuis cet après-midi, dit-elle d'une voix étranglée.

-Vous avez vu le vétérinaire ?

-Oui, mais je n'ai pas confiance en lui.

Mewenn s'accroupit et posa une main sur le dos du chat. Elle sentit une chaleur inhabituelle dans ses doigts et de nouveau des picotements dans tout le bras. Elle déplaça lentement sa main droite sur le petit corps, le chat ne bougeait pas, mais il se mit à ronronner. Agnès l'observait avec attention, Mewenn resta quelques minutes près de Cathbad, puis se redressa.

-Il devrait aller mieux demain.

-Vous savez magnétiser, n'est-ce pas ?

La jeune femme hocha vaguement la tête et souhaita une bonne nuit à sa logeuse. Elle regarda la lune presque pleine qui brillait haut dans le ciel avant de refermer les volets et constata qu'elle n'était pas du tout fatiguée. Le lendemain matin, Agnès l'accueillit avec enthousiasme en lui montrant Cathbad qui guettait les oiseaux dans le jardin à l'arrière de la maison.

-Il a mangé une gamelle pleine ! Vous avez un don.

Oui, pensa Mewenn et ça m'a coûté ma place d'auxiliaire vétérinaire. Elle sourit à la vieille dame et but une deuxième tasse de café en prévision de la longue journée de travail qui s'annonçait.

-Ça vous intéresserait de rencontrer un magnétiseur expérimenté ?

-Je ne sais pas. J'avais prévu d'aller marcher dans la forêt de Brocéliande pendant mes jours de repos.

-Quelle bonne idée ! Je vais vous indiquer les coins les plus intéressants.

Elle attrapa un bloc et remplit deux pages de sa belle écriture, Mewenn s'était installée dans le jardin, Agnès la rejoignit.

-Là ce ne sont pas des endroits pour les touristes, ce sont les gens d'ici qui y vont... Ah ! Et vous devriez aussi passer chez Irwan, c'est un expert de la forêt. Il est druide.

-Les druides existent encore ?

Mewenn était amusée.

-Ma chère petite, fit Agnès, vous devriez lire l'ouvrage que je vous ai prêté.

La pause de quatre heures après son service du déjeuner lui permettait d'aller jusqu'à Paimpont, mais elle n'en eut pas le courage. Elle rentra directement chez sa logeuse, s'allongea sur son lit et téléphona à Laura. Quand elle mentionna l'anecdote du menhir, son amie prit l'affaire très au sérieux, persuadée que Mewenn avait développé son magnétisme grâce à la pierre. Elle lui tint un long discours technique où il était question d'ondes de forme, de forces telluriques et de guérisons spontanées. Mewenn approuva mollement, cherchant un moyen de mettre fin à la conversation. Elle ne pensa même pas à prendre des nouvelles de Maxime.

-Je dois te laisser, je reprends mon service bientôt.

Une petite sieste s'imposait, elle programma un réveil à dix-sept heures et s'endormit très vite. Elle fut transportée de nouveau dans la clairière devant le grand menhir, Cathbad l'accompagnait et avait les dimensions d'un tigre. Il tourna la tête vers elle et planta ses yeux orange dans les siens, comme pour la persuader d'avancer vers la pierre dressée, mais elle refusait, pressentant un danger. Une voix grave, émanant du menhir, menaça :

-Tu ne peux aller contre ta destinée, Mewenn Pendragon !

Elle résistait néanmoins. Puis une chose étrange se passa : Cathbad rapetissa sous ses yeux pour atteindre la taille d'un chaton et s'enfuit dans l'obscurité de la forêt. Elle sentit alors tout le poids de sa solitude et éclata en sanglots. Elle distingua à travers ses larmes le groupe vêtu de blanc qui s'avançait vers elle et se dit qu'elle allait mourir. Elle releva la tête et leur fit face. Les coups répétés à la porte de sa chambre lui épargnèrent la partie la plus noire du rêve.

-Vous êtes là, Mewenn ?

Agnès entra avant d'y être invitée et s'excusa de l'avoir réveillée.

-Ça va ? Vous avez l'air bouleversée.

Mewenn hocha la tête et balbutia qu'elle avait fait un mauvais rêve. Dans le salon, Cathbad se montra particulièrement affectueux avec la jeune femme, ce qui étonna de nouveau Agnès.

-Il vous aime vraiment beaucoup !

Elle regarda sa locataire la tête penchée sur sa tasse de thé, enfermée dans son silence.

-Vous savez, ça fait quelquefois du bien de parler.

Mewenn poussa un soupir, regarda sa montre et lui dit qu'elle devait prendre son service du soir. Agnès n'insista pas et partit à la cuisine préparer son dîner. Le chat suivit la jeune femme jusqu'à la porte quand elle quitta la maison, puis il se mit à la fenêtre du salon et la regarda s'éloigner dans la rue.

-On ne peut rien faire de plus pour elle aujourd'hui, Cathbad. Mais bientôt ça va changer, dit sa maîtresse en lui grattant le sommet de la tête.

Kélian buvait une Guiness en terrasse, quand son téléphone sonna. Une brève conversation qui termina par :

-Oui d'accord. J'arrive le sept... Bonne journée !

Son interlocuteur n'avait pas oublié de lui demander de renvoyer l'ascenseur. Heureusement qu'il n'avait rien prévu cette semaine-là et puis ça lui ferait des vacances gratuites. Il sourit à la fille en face de lui et commanda un autre demi.

L'endroit choisi par Agnès n'était pas sur le dépliant de l'office du tourisme de Paimpont. L'accueil était pris d'assaut par une vague de vacanciers qui venaient de débarquer sur les terres mythiques de Brocéliande, c'était lundi matin et Mewenn était en congé jusqu'au lendemain après-midi. Elle prit un bus pour aller au village d'où partait son itinéraire, suivit un chemin en pleine campagne sous un soleil éclatant et atteignit la forêt assez rapidement. Elle croisa quelques randonneurs qui la saluèrent, marcha plus d'une heure sans apercevoir le cercle de pierres indiqué ; le sentier serpentait autour des arbres, elle s'assit au pied d'un hêtre imposant et sortit du pain et du fromage de son sac à dos. Elle était heureuse, appuyée contre l'écorce de l'arbre dont elle sentait l'énergie. Un petit écureuil roux descendit comme un éclair en face d'elle et s'approcha après quelques hésitations, elle lui lança de grosses miettes de pain qu'il s'empressa d'emmener un peu plus loin pour les manger avidement. Elle resta un long moment à l'observer puis se leva et reprit sa marche, admirant les nuances de vert des végétaux, écoutant le chant des passereaux et se réjouissant de n'avoir à subir aucun bavardage. À un détour du sentier, elle tomba sur le fameux cercle qui ressemblait à un petit Stonehenge avec une douzaine de menhirs de taille différente, une main bienveillante semblait avoir nettoyé le sol à l'intérieur. Elle se plaça au milieu des pierres pour mieux les regarder, puis s'approcha de la plus grande et dans un élan incontrôlé se colla contre elle. Traversée par une énergie puissante, elle sentit des vagues de chaud et de froid monter dans son corps, elle voulut s'éloigner du menhir, mais ne put le faire qu'après quelques secondes d'efforts soutenus. Elle tomba alors à genoux au milieu du cercle et perdit conscience.

Cathbad tournait autour des jambes d'Agnès en miaulant, sa maîtresse parut enfin comprendre son message quand il bondit sur la chaise de Mewenn en la regardant intensément. Elle décrocha le téléphone et appela Irwan. Mewenn rouvrit les yeux et se redressa péniblement. Un halo de lumière dorée était tombé sur le cercle de pierres, il n'était pourtant que trois heures à sa montre. Elle regarda le grand menhir et se souvint de son cauchemar de la veille, dans son oreille une voix murmurait de nouveau qu'elle ne pouvait aller contre sa destinée. Elle s'éloigna aussi vite qu'elle pouvait du *cromlech et reprit le chemin emprunté à l'aller, la lumière dorée s'estompait maintenant et elle retrouvait avec soulagement les contours nets et les couleurs naturelles de la forêt. Ses jambes tremblaient encore et elle faillit tomber plusieurs fois quand ses pieds trébuchèrent sur les racines de gros chênes. Une grande fatigue la saisit tout à coup et elle dut s'asseoir, elle se dit que sa perte de connaissance y était pour quelque chose, c'était sans doute aussi l'explication de ce rayonnement étrange près des pierres. Elle mangea un peu, mais quand elle essaya de se lever, ses jambes se dérobèrent comme si elles étaient paralysées et elle retomba brutalement sur l'herbe. Son cœur se serra, l'angoisse se glissa doucement dans sa gorge et elle eut envie de crier à l'aide. Elle ne voulait pas céder à la panique et elle tenta plusieurs fois de se mettre debout. Autour d'elle les oiseaux chantaient joyeusement, aucun promeneur ne se montrait et comble de malchance elle n'avait pas pris son portable. Il n'était pas question de passer la nuit ici, elle s'encouragea à voix haute :

-Allez, tu vas y arriver !

Alors qu'elle rampait pour atteindre le tronc d'un arbre qui lui servirait d'appui, elle entendit un petit craquement sur sa gauche et vit surgir un homme assez corpulent vêtu de vert et ocre. Elle poussa un soupir de soulagement, puis comme il s'approchait d'elle, réalisa qu'elle ferait une parfaite victime s'il avait l'instinct du prédateur.

-Mewenn ? Je suis un ami d'Agnès.

Il se courba et elle vit ses yeux bleus au regard amical, mais difficile à soutenir.

-Vous avez mal ?

-Non, mais je ne peux pas me lever. Mes jambes sont… paralysées.

Il s'accroupit et passa ses mains au-dessus d'elle, comme s'il scannait son corps.

-Essayez de marcher, dit-il en l'attrapant pas le bras.

Elle se mit debout et réussit à faire quelques pas en s'appuyant sur lui.

-Vous êtes Irwan ?

Il hocha la tête en souriant.

-Merci. J'ai eu peur avant que vous arriviez.

-Vous avez vu le cromlech ?

-Oui. Et je ne suis pas prête d'y revenir.

Elle lâcha le bras de son sauveur et se mit à marcher avec plus d'assurance.

-C'est Agnès qui vous a prévenu ?

-Elle s'inquiétait pour vous... Venez par ici, c'est un raccourci.

Mewenn le suivit sans crainte ; le retour fut rapide, quinze minutes plus tard ils rejoignaient la Méhari d'Irwan. Elle sentait ses forces revenir quand ils arrivèrent chez Agnès. Sa logeuse leur proposa un thé glacé, mais Irwan déclina l'invitation et repartit en suivant. La jeune femme raconta sa mésaventure en omettant la partie étrange du halo, Cathbad était couché à ses pieds.

-Mon Dieu ! Quelle histoire !

Agnès était troublée, et même un peu effrayée.

-Je n'aurais pas dû vous envoyer là-bas.

-Vous ne pouviez pas savoir... Enfin, j'ai eu de la chance, merci d'avoir prévenu votre ami.

Agnès hocha la tête sans répondre, plongée dans ses pensées. Au bout d'un moment, elle dit :

-Si, j'aurais dû le savoir.

Un autre long silence suivit sa déclaration. Elle regarda enfin Mewenn et s'adressa à elle d'un ton plus joyeux ;

-C'est Cathbad qu'il faut remercier, pas moi !

Le chat fit entendre un petit miaulement satisfait avant de reprendre sa toilette. Mewenn avait dormi jusqu'à dix heures ce matin-là. Elle était en pleine forme et ne devait reprendre son service qu'à dix-huit heures trente. Elle accompagna Agnès faire quelques courses au supermarché le plus proche, l'aida à préparer le déjeuner et lui demanda si elle pouvait aller voir le druide Irwan dans l'après-midi. Agnès lui téléphona et laissa un message sur le répondeur.

-C'est un homme très sollicité, il n'est pas souvent chez lui.

Mewenn était déçue. Elle décida d'aller en bus à Paimpont et visita l'Abbaye, fit un tour au centre-ville et regretta de ne pas avoir le temps de suivre une visite guidée des lieux les plus légendaires, particulièrement le tombeau de Merlin, elle se promit d'y revenir à sa prochaine journée de congé. Son aventure de la veille ne l'incitait pas à retenter une ballade en solitaire.

Le client observait la serveuse d'un air grivois et elle évita son regard en le servant.

-Un p'tit sourire, c'est trop demandé ?

Mewenn ne répondit pas et ne sourit pas non plus. Ce type incarnait tout ce qu'elle détestait.

-Vous avez oublié le pichet de cidre, fit-il d'un ton de reproche.

Elle repartit sans un mot et lui ramena le cidre puis fonça vers la table suivante pour prendre les commandes. Elle venait de les noter dans son carnet quand elle entendit une voix autoritaire :

-Mademoiselle !

Le client précédent lui montrait le pichet d'un air furieux.

-Ce n'est pas du brut ! Vous vous êtes trompée !

Mewenn après un simple : « Ah bon. » prit le pichet et lui ramena le cidre brut. Avant qu'elle n'ait eu le temps de bouger, il attrapa son poignet et lui dit à voix basse :

-On pourrait aller boire un verre un de ces quatre.

-Ça va pas, non ! s'exclama Mewenn en se dégageant.

Elle s'éloigna à toute vitesse, manquant de percuter Manu. Elle insista pour qu'ils fassent un échange de tables et que son collègue s'occupe du client. Au bout de quelques minutes, le patron l'appela de derrière son comptoir.

-Tu ne changes pas le service des tables au dernier moment.

Mewenn tenta de lui expliquer, mais il lui coupa la parole :

-Je ne veux rien savoir.

Le ton était dominateur. Une rage froide la saisit, elle prit une grande inspiration, dénoua les cordons de son tablier et le jeta sur le comptoir.

-Très bien. Dans ce cas, dé-mer-dez-vous !

Le patron en resta bouche bée, elle sortit de la crêperie la tête haute devant des clients médusés. Elle qui était toujours polie savourait maintenant sa réplique. Elle eut une petite pensée pour Manu puis se dit qu'elle serait vite remplacée. Elle marchait d'un pas tranquille dans la nuit tiède, éclairée par une magnifique lune ronde.

Elle était heureuse de sa démission, sans aucune inquiétude du lendemain, sans une trace de culpabilité. Elle se dit, étonnée, qu'elle avait bien changé.

-Elle s'en va ! Elle a quitté son travail hier !

La voix d'Agnès montait dans les aigus, Alan éloigna le téléphone de son oreille et tenta de calmer son interlocutrice.

-Je m'en occupe.

-Il faut faire vite ! Elle veut partir aujourd'hui !

-Retenez-la et dites-lui que je vais lui trouver autre chose.

Il raccrocha, exaspéré. Il ne manquait plus que ça ! Il réfléchit un court moment avant de composer un autre numéro.

-Salut, Jean-Luc, comment vas-tu ? son ton était nettement plus amical.

Quand il raccrocha, il arborait un sourire satisfait ; sa secrétaire qui entrait avec une liasse de papiers annonça d'un air suspicieux :

-Vous avez l'air en pleine forme ce matin.

Puis elle lui rappela qu'elle avait posé ses congés pour le mois d'août et il se renfrogna immédiatement.

Agnès avait convaincu Mewenn de rester quelques jours de plus en attendant la réponse du maire. La jeune femme avait été étonnée de la sollicitude d'Alan Le Corre à son égard, elle l'expliquait par la relation amicale qu'il entretenait avec Agnès. Comme ils sont gentils de s'occuper autant de moi, pensa-t-elle. Agnès était sortie chercher du pain quand le téléphone sonna. L'office du tourisme de Brocéliande lui demandait de se présenter dans l'après-midi pour un temps partiel à l'accueil, ces heures pouvaient être complétées par un autre temps partiel à la réception du camping municipal. Elle n'en revenait pas. Jamais elle n'aurait pu dégoter seule ce genre de travail. Une femme d'une quarantaine d'années au visage aimable la reçut dans un petit bureau derrière l'accueil, quand elle lui demanda son nom, Mewenn répondit pour la première fois sans le moindre bafouillage avec une certaine fierté. La femme sourit :

-Quel beau nom !

Elle ajouta :

-Vous parlez breton ?

-Non. Mais je parle anglais et je me débrouille en allemand.

En sortant de son entrevue, Mewenn voyait la vie en rose. Elle acheta un gros bouquet de fleurs à Agnès ainsi qu'une plante verte et descendit du bus un peu plus tôt qu'à l'habitude pour passer voir Irwan. Elle ne l'avait pas prévenu de sa visite, elle sonna deux fois et se préparait à repartir quand la voix du druide l'interpella, il venait de l'arrière de la maison, un sécateur à la main.

-Quelle bonne surprise ! Entre !

Elle posa la plante sur la table de la salle à manger et le bouquet par terre.

-C'est pour vous, fit-elle un peu timidement en poussant la plante vers lui.

Il la remercia et lui proposa du jus de pomme.

-Alors finalement tu restes ?

C'était plus une affirmation qu'une question. Mewenn fit oui de la tête. Il l'observa un petit moment et demanda :

-Tu viens à la cérémonie ce soir ?

Elle haussa les sourcils, étonnée.

-Notre groupe est une branche dissidente du Grand Collège Celtique de la Forêt des Chênes de Brocéliande. Nous célébrons une fête un peu particulière ce soir.

Il ajouta comme s'il avait lu dans ses pensées.

-Agnès en fait partie depuis longtemps…et notre cher maire aussi.

Il eut un petit rire.

-Je ne connais rien aux druides. C'est une religion ?

-Le druidisme n'est ni une religion ni une philosophie. C'est plutôt une célébration de l'harmonie avec la nature.

-Et les gens viennent vous voir ?

-Oui. J'essaie de les aider à trouver leur chemin de vie, à regarder à l'intérieur d'eux-mêmes.

-Et…comment on devient druide ?

-Il faut suivre une formation de trois ans minimum et être très motivé !

Il ajouta sur un ton léger :

-Ça t'intéresse ?

Mewenn fit non de la tête, mais elle n'était pas tout à fait sincère.

-Ce serait bien que tu nous accompagnes ce soir.

Il se leva et reprit son sécateur, Mewenn sortit après un bref au revoir.

Elle trouva la maison vide et un petit mot d'Agnès sur la table du salon : « De retour vers 21H. Dînez sans moi. » Cathbad dormait dans son fauteuil préféré. Mewenn but une tasse de thé, elle se sentait obligée d'aller à cette cérémonie druidique après tout ce qu'Agnès et ses amis avaient fait pour elle, mais elle n'en avait pas envie. En fait, elle redoutait de se retrouver dans cette forêt près d'un menhir et ses cauchemars lui revenaient en mémoire. Irwan avait bien insisté pour qu'elle vienne, peut-être qu'Agnès lui avait fait part de son talent de guérisseuse pour les animaux ou des détails de son aventure dans le cromlech. Peut-être qu'ils cherchaient à recruter de nouveaux adeptes. Peut-être qu'ils le faisaient juste par amitié… Le chat ouvrit un œil et la regarda comme s'il l'évaluait, elle ne le remarqua pas et décida de monter chercher le livre sur les druides prêté par sa logeuse, persuadée qu'elle y trouverait des réponses. Elle resta immobile au seuil de sa chambre, car sur le lit étaient étalées deux longues tuniques blanches en toile. Les tenues pour la fête, mais pourquoi deux ? Elle en avait assez de se poser des questions, elle commença à feuilleter le livre. La sonnette de l'entrée interrompit sa lecture, elle ouvrit la porte et resta bouche ouverte devant Kélian qui rigolait comme un enfant qui a fait une farce.

-Salut, frangine ! Ça va ?

-Mais…qu'est-ce que tu fais là ?

Elle l'embrassa, heureuse de le voir.

-Je suis invité à une fête celte…avec des druides. Appelle-moi Panoramix !

-Pourquoi tu m'as rien dit ?

Il se laissa tomber sur le canapé et fit :

-C'était une surprise… Et puis ils voulaient être sûrs que tu viendrais.

Sa sœur le regardait sans comprendre.

-Ben oui. Le maire, sa copine qui te loge… c'est par le fils Le Corre que j'ai trouvé ton job de serveuse. Il y a de la bière ?

Mewenn articula d'une voix blanche :

-Tu veux dire qu'ils m'ont fait venir ici juste pour aller à cette cérémonie ?

Kélian haussa les épaules.

-C'est une bande de vieux un peu zarbi, mais pas dangereux !

Il s'approcha de Cathbad et tendit la main vers sa tête, le chat se redressa soudain, le poil hérissé et sortit ses griffes. Kélian retira sa main et se tourna vers sa sœur :

-Il est caractériel, celui-là !

-Non, il a eu peur.

Elle alla dans la cuisine et ramena deux verres et une bouteille de cidre à moitié pleine qu'elle posa sur la petite table du salon.

-Tu deviens alcoolique ? plaisanta son frère.

Mewenn, les sourcils froncés, ne répondit pas. Elle avait l'impression d'avoir été piégée et en voulait à Agnès et à Irwan. Elle sentait que quelque chose de désagréable se préparait. Quand elle en fit part à Kélian, il rit en lui disant qu'elle dramatisait toujours tout. Ils dînèrent assez tôt, son frère lui raconta ses histoires habituelles, elle n'y prêta pas attention tellement elle était obnubilée par cet intérêt soudain que lui portait le cercle de druides. Elle sursauta quand elle entendit la porte s'ouvrir. Agnès entra, souriante, et souhaita la bienvenue à Kélian, puis elle se tourna vers Mewenn et remarqua son visage fermé.

-Quelque chose ne va pas, Mewenn ?

-Je peux vous parler une minute ? fit la jeune fille sèchement.

Elle entraîna Agnès dans la cuisine et referma la porte.

-Pourquoi tenez-vous autant à ce que j'assiste à cette cérémonie ?

-Nous pensions que cela vous intéresserait.

Elle ajouta en souriant :

-Nous invitons rarement des étrangers dans notre cercle, vous savez.

-Pourquoi moi ? fit Mewenn d'un ton agressif

Agnès s'assit et la regarda dans les yeux. Mewenn ressentit toute la force qui émanait de la vieille dame et en fut interloquée.

-Parce que vous avez des aptitudes étonnantes et vous devez les développer si vous voulez trouver votre place sur cette terre.

-Vous ne me connaissez pas !

La jeune fille était sur la défensive malgré l'attitude amicale d'Agnès.

-Vous ne vous connaissez pas non plus !

-Je ne viendrai pas à cette cérémonie de toute façon.

-Personne ne vous y oblige.

La voix d'Agnès était douce. Elle sortit de la pièce et parla à voix basse avec Kélian qui était resté dans le salon. Mewenn fut rejoint par Cathbad qui sauta sur la chaise d'Agnès et miaula d'une façon étrange. Elle eut l'impression que le chat lui reprochait sa décision.

La berline gris acier du maire fonçait dans la nuit, ils avaient parcouru au moins quinze kilomètres sans échanger un mot quand ils s'arrêtèrent devant un groupe d'arbres, on distinguait à la lueur de la lune un petit sentier qui entrait dans le bois. Quelques voitures étaient déjà garées à côté, une dizaine de personnes portant des lampes torches attendaient Le Corre ; la silhouette massive d'Irwan se détacha du groupe et accueillit Alan et Agnès par quelques mots en breton. Kélian vêtu de blanc arborait un petit sourire moqueur, Mewenn qui était la seule à ne pas porter de robe de cérémonie avait un visage tendu. Elle avait fini par céder devant l'insistance de son frère et les miaulements de Cathbad, il lui tardait que tout cela se termine. Ils s'enfoncèrent dans la forêt, leur marche lente rythmée par un chant ancien entonné par Irwan. Dix minutes après, ils se retrouvaient devant le cromlech que Mewenn connaissait ; elle se sentait plutôt calme, la présence de son frère la rassurait. Chaque personne se tint debout à côté d'un menhir, le druide à côté du plus grand. Alan Le Corre ouvrit la cérémonie par un petit discours dans lequel Mewenn et Kélian ne saisirent que leurs noms. Son frère rit silencieusement et glissa à Mewenn à côté de lui :

-Tout en Breton, on va s'éclater...

Puis le groupe se mit à prier à haute voix, la jeune fille jeta un coup d'œil à son frère qui contemplait le ciel et à Agnès qui fixait le centre du cromlech. À la fin de la prière, tous les autres participants étendirent les bras, la paume de leurs mains vers le haut et le silence retomba. Irwan reprit la parole en français :

-Nous accueillons ce soir Mewenn et Kélian Pendragon et leur souhaitons bienvenue sur la terre de leurs ancêtres. Qu'ils soient bénis par les dieux de la nature et qu'ils leur accordent la force, la compréhension, le savoir et l'amour de toute chose vivante !

Kélian murmura : « Amen » ; une lueur d'intérêt s'alluma dans ses yeux quand il vit le druide saisir une corne à boire, et la passer à son voisin de droite. Quand ce fut son tour, Mewenn fit semblant de boire et la tendit à son frère qui constata qu'elle était vide. Un homme âgé la remplit de nouveau et Kélian avala une bonne gorgée, il articula le mot « hydromel » à la jeune fille en faisant une petite grimace de dégoût. Un disciple débuta une chanson traditionnelle qui fut reprise avec enthousiasme par le groupe. Kélian étouffa un bâillement et regarda discrètement sa montre qui indiquait vingt-trois heures cinq, une autre prière silencieuse suivit et Agnès s'adressa alors aux deux jeunes gens, leur demandant de venir au centre du cercle. Mewenn sentit une tension dans tous ses muscles, comme devant un danger imminent, son frère s'était empressé de suivre la directive, car il n'en pouvait plus de rester immobile et s'était tourné vers elle, attendant qu'elle le rejoigne. Elle restait clouée sur place, saisie d'une crainte irraisonnée. Le druide vint à elle et lui prit le bras en lui disant de ne pas avoir peur. Elle était maintenant à côté de Kélian qui affichait un sourire stupide, il tourna un regard incertain vers elle. Qu'est-ce qu'ils avaient mis dans l'hydromel pour que son frère soit dans cet état ? Elle regarda les autres face à elle, mais ils étaient en train de prier. Sa gorge se serrait, ce qu'elle redoutait le plus ne tarda pas : Irwan s'avança vers eux, un poignard à la main, Mewenn recula et agrippa le bras de Kélian qui ne réagit pas. Incapable de crier, elle entendit le druide prononcer quelques mots en breton en élevant son arme vers le ciel, le groupe répondit dans la même langue et commença à se rapprocher du centre du cromlech, Irwan n'était plus qu'à deux mètres d'elle. La jeune fille leva brusquement le bras en direction du druide : le poignard fut arraché de ses mains et décrivit un demi-cercle avant de retomber aux pieds de Kélian ; une rumeur étonnée s'éleva, les disciples s'immobilisèrent derrière leur maître qui souriait d'un air satisfait. Mewenn, stupéfaite, fixait le couteau sur le sol, Kélian lui chuchota :

-Bravo, frangine !

Elle se retourna vers lui et vit son regard habituel, un brin ironique ; elle comprit qu'il avait joué son rôle à la perfection. Le druide ramassa l'arme et Agnès se détacha du groupe pour expliquer à Mewenn :

-Ce n'est qu'un rituel symbolique, le poignard coupe les liens avec votre passé et vous libère des entraves qui empêchent l'accès à votre épanouissement spirituel.

Le Corre hocha la tête de façon comique avant de parler :

-Chère Mewenn nous ne vous voulons aucun mal. Nous savons que vous avez des capacités parapsychiques importantes et nous aimerions vous aider à les maîtriser pour le bien de tous, et pour le vôtre bien sûr. C'est pour cela que le rituel est essentiel.

-Vous êtes libre de choisir, nous ne forçons personne à entrer dans notre groupe, dit Irwan d'une voix douce.

Mewenn regarda son frère qui haussa vaguement les épaules, elle repensa un instant à tout ce qui lui était arrivé sur cette terre de Bretagne, à son nom qu'elle trouvait de plus en plus beau, au vide de son existence d'avant et à Cathbad, petit ange gardien aux pattes de velours. Elle fut certaine d'avoir enfin trouvé sa place.

-D'accord, dit-elle sereinement.

Le rituel s'accomplit en quelques minutes. Kélian lui dit qu'elle avait les yeux pleins d'étoiles quand ils rentrèrent au village. Agnès souhaita une bonne nuit à Alan qui était au volant de sa voiture. Il s'enthousiasma en breton :

-Voilà une nouvelle recrue exceptionnelle !

-Oui. Et son enfant sera encore plus doué qu'elle, répondit Agnès avec un sourire radieux.

LE MESSAGER

Jeff descendit de la table de massage et fixa un point à côté de lui.

-J'avais pas vu le chien !

-Quel chien ? fit le praticien, étonné.

-Là !

Il pointa du doigt un espace sous la fenêtre. Puis il se tourna vers le kiné qui secouait la tête, montrant qu'il n'appréciait pas son humour. Jeff continua, pensant que l'autre lui faisait une blague.

-C'est un genre de berger allemand, il a une tache blanche sur le poitrail.

Son interlocuteur pâlit brusquement et son ton devint un peu froid.

-Qui vous a parlé de mon chien ?

-Personne...

Jeff regarda dans la direction de l'animal et sentit la sueur perler sur son front : il s'était volatilisé.

-Vous voyez les animaux décédés ?

103

-Vous voulez dire que... votre chien est mort ? articula Jeff pétrifié.

Ce fut à son tour de devenir blanc et il se raccrocha au bord de la table. Le kiné le fit asseoir sur une chaise et lui demanda si c'était la première fois qu'il voyait ce genre de choses.

-Oui. On aurait dit qu'il était vivant !

Le praticien fit de son mieux pour le rassurer, lui affirmant que d'autres personnes avaient ce genre d'expérience et qu'il n'était pas fou. Jeff sortit sonné du cabinet. En approchant de sa voiture il vit le papier sur son pare-brise, il arracha la contravention et jura plusieurs fois puis tapa du poing sur la portière sous l'œil intéressé d'un retraité qui sortait de la boulangerie, sa baguette à la main. Il resta assis derrière le volant, essayant de mettre un peu d'ordre dans le chaos de ses pensées. Peut-être que c'était dû à ce massage crânien de fin de séance. Ou alors il avait eu un accès de télépathie comme à l'école primaire quand la réponse à la question de la maîtresse lui avait été envoyée directement dans son esprit. Ce n'était quand même pas une hallucination ! Il ne croyait pas à toutes ces absurdités de communication avec les morts, il avait une formation scientifique avec un job de programmeur-analyste qui lui convenait parfaitement. Il démarra, un peu apaisé, et atteignit son domicile en un temps record. Devant l'immeuble un gros chat roux faisait sa toilette, Jeff le reconnut immédiatement : c'était celui de ses voisins du rez-de-chaussée et il était bien vivant. Il entra dans le salon et se servit un petit apéritif, puis consulta les messages sur son Smartphone. Une invitation de son pote Adrien pour le vendredi soir, un appel de sa mère qui s'inquiétait de ne pas avoir eu de nouvelles, deux SMS du boulot qui n'avaient rien d'urgent. Il se coucha tôt, écrasé de fatigue. Il rêva de Bobby, son caniche quand il était gamin. Il adorait ce chien qui n'était pas beau, mais qui le suivait partout et l'accompagnait à l'arrêt de bus tous les matins. Il attendait Jeff derrière le portail à son retour du collège et s'y postait, d'après sa mère, une quinzaine de minutes avant son arrivée, même si les horaires changeaient suivant son emploi du temps. Bobby ne se trompait jamais. Les yeux humides du souvenir de son chien, il tartina le pain de confiture de fraises. Il n'avait pas réalisé à quel point Bobby lui avait manqué. Il repensa à l'incident chez le kiné et son plexus se noua, il chassa rapidement l'image du berger allemand et se concentra sur les informations qu'il devait donner à ses collègues.

Le kiné de Jeff finissait son café quand sa femme entra dans la cuisine.

-Alors, tu voulais me dire quoi ?

Il lui raconta l'histoire de son patient et elle s'assit les yeux brillants face à lui.

-C'est merveilleux ! Je connais plein de gens que ça intéresserait !

-Non, Agathe. Le pauvre gars était très choqué et il ne veut pas revivre ce genre de truc. C'est normal !

Elle fit une moue de déception et lui demanda quand ce client reviendrait au cabinet. Il lui répondit qu'il ne savait pas et ne lui dirait pas de toute façon.

-Tu ne fais aucun effort ! lança-t-elle d'un air dédaigneux avant de sortir dans le jardin avec sa tasse de thé.

Jeff suivait deux de ses collègues qui lui avaient promis de l'emmener prendre un pot dans un endroit inhabituel. Il eut un mouvement de recul en entrant dans la salle : une dizaine de chats se baladaient entre les tables, se frottaient la tête sur les pieds des clients, l'un d'entre eux slalomait sur le comptoir.

-Quoi ? T'aimes pas les chats ? dit Estelle.

Il secoua la tête, l'air grognon. Estelle et son collègue échangèrent un coup d'œil dépité avant de s'installer à une table. Un chat noir et blanc tourna autour des jambes de la jeune femme avant de s'approcher de Jeff qui ne lui prêta aucune attention, il miaula doucement et sauta soudain sur ses genoux. Jeff sursauta et faillit renverser son verre, le chat s'allongea confortablement sur son giron en ronronnant.

-Quel succès ! fit Estelle ironiquement.

Il se renfonça dans la banquette sans toucher le chat. La patronne du café arriva à leur table pour savoir si tout allait bien. Elle s'inquiète pour son chat, pensa-t-il. Elle finit par soulever l'animal et l'emporta plus loin pour l'installer sur un vieux fauteuil en cuir. Pendant que ses collègues se lançaient dans une discussion animée sur les exigences démesurées de leur patron, Jeff regardait autour de lui ; beaucoup de clients se parlaient d'une table à l'autre en montrant les félins qui circulaient. Une femme d'âge mûr, seule à une table, se leva et alla régler sa consommation au comptoir, elle portait un poncho aux motifs ethniques. Quand elle partit, un magnifique chat gris l'accompagnait et la suivit dehors. Jeff se tourna vers ses collègues :

-Hé ! Vous avez vu, elle a embarqué le chat avec elle !

-Quoi ? Quel chat ?

-Le gris. Vous l'avez pas vu ?

Son collègue fit non et Estelle haussa légèrement les épaules. Jeff se leva et s'avança vers la patronne.

-Excusez-moi. Votre chat est sorti du café avec la cliente.

-Lequel ?

Elle semblait surprise.

-Un gris foncé

Elle secoua la tête.

-Je n'ai pas de chat de cette couleur...mais merci quand même.

Il sortit du café et tenta d'apercevoir la femme au loin. Un doute affreux s'insinua dans son esprit. Est-ce qu'il était le seul à avoir vu ce chat ? Est-ce qu'il avait eu une nouvelle crise ? Jetant un coup d'œil à sa montre il se hâta de reprendre le chemin du bureau.

Jeff hésita un bon moment avant de composer le numéro trouvé sur Internet. Une voix douce lui fixa un rendez-vous pour le samedi sans demander de détails. Le week-end arriva et il n'avait plus du tout envie d'aller voir ce type, il faillit annuler, mais le chat des voisins posté en bas de l'immeuble se retourna vers sa fenêtre et il pensa que c'était un signe. Je deviens complètement con, se dit-il. Il sortait maintenant de l'ascenseur d'un immeuble neuf et sonnait à une porte bleue. Une femme élégante l'accueillit et lui fit remplir une fiche et il s'installa dans la salle d'attente aux tons sobres. Il se sentait stressé et se demandait encore s'il avait pris une bonne décision. Mais au moins il serait remboursé ; ses amis le trouvaient radin, lui s'estimait raisonnable dans ses dépenses. La porte en face de lui s'ouvrit et un homme au visage sympathique le fit entrer.

-C'est la première fois que vous venez ?

Jeff hocha la tête, redoutant la prochaine question.

-Qu'est-ce qui vous amène ?

-Voilà...euh...

Il prit une inspiration rapide avant de lancer, les yeux rivés sur le bureau :

-Je vois des animaux qui sont morts.

-D'accord... Et ça fait combien de temps que vous avez cette expérience ?

Le ton était bienveillant, aucune réaction de surprise. Jeff se dit qu'il avait dû en entendre bien d'autres.

-C'était il y a une semaine.

Il lui raconta sa visite chez le kiné, mais omit de parler du chat gris. Le docteur l'interrogea sur son quotidien et lui suggéra de lever le pied dans son travail. Il lui demanda s'il avait eu des soucis dans sa vie privée et Jeff fut obligé de parler de sa dernière rupture. Le psychiatre sembla satisfait de ses réponses et le rassura en lui disant que c'était vraisemblablement dû à un état modifié de conscience, que cela arrivait à des milliers de gens au moins une fois dans leur vie et souvent après un choc émotionnel. Il lui prescrivit un calmant léger et le raccompagna à l'accueil. Jeff se sentait apaisé, d'après l'expert il n'était pas fou ! Il se tourna vers la secrétaire pour lui dire au revoir et à ce moment précis aperçut un petit chien roux près du comptoir. Son cœur accéléra et il tourna les talons, amorçant une fuite rapide.

-Monsieur !

Jeff se retourna lentement.

-Vous avez oublié votre ordonnance !

Le chien remuait la queue en face de lui. Il s'approcha du comptoir, sans le regarder.

-On dirait qu'il vous aime bien ! C'est le chien de la voisine, il s'échappe de temps en temps, fit la femme.

Jeff poussa un soupir de soulagement et se baissa pour caresser le pékinois. Sur le parking, il réalisa qu'il ne faisait aucune différence entre un animal vivant et un animal mort. Il haussa les épaules, après tout ça n'était arrivé qu'une fois, la femme au poncho avait emmené son chat au café, point barre. Il faudrait qu'il pose quelques jours de congé, un petit séjour en Grèce peut-être.

Le poulet trônait au milieu de la table à côté d'un plat de pommes de terre et de cèpes. La mère de Jeff précisa qu'elle avait cuisiné les champignons pour lui puisqu'il lui faisait l'honneur de venir déjeuner ce dimanche. Sa gentillesse était souvent panachée d'une dose d'amertume et cela ne s'arrangeait pas au fil des années. Sa sœur, Fanny, eut un sourire narquois :

-Merci pour moi !

-Mais ma chérie, je t'ai fait ton dessert préféré ! Vous n'allez pas encore vous disputer ! se défendit leur mère.

Fanny murmura à l'oreille de son copain que pour sa mère ils avaient toujours dix ans. Jeff dégustait son verre de Saint-Émilion en connaisseur.

-Tu nous la présentes quand ta copine ?

Fanny fit une grimace moqueuse à son frère avant de se resservir des cèpes.

-On verra, maman… Il est super ce vin !

Après le repas, ils feuilletèrent ensemble l'album de famille et Jeff s'attarda sur une photo de lui et de Bobby. Il demanda s'il pouvait la prendre pour en faire un double.

-Oui bien sûr. Ah, ce chien ! Qu'est-ce que tu l'aimais ! Toujours ensemble à faire des bêtises.

Jeff posa la photo contre sa lampe de chevet et repartit dans la cuisine préparer une salade. Puis il s'assit sur son canapé et consulta les promotions de voyages en Grèce. Il leva la tête en entendant un léger grattement sur le sol près de lui, il se pencha sur le parquet, mais ne vit rien. Il reprit ses recherches et le bruit se répéta, mais cette fois sur le canapé. Il se leva brusquement, enleva les coussins et ne trouva aucun intrus. Il était inquiet, il entendait maintenant des bruits inexpliqués et il avait la sensation que cette expérience n'était pas normale. Une fois au lit, l'image de Bobby lui apparut dans un demi-sommeil ; une phrase s'installa en boucle dans sa tête : « N'aie pas peur ! Je veille sur toi. »

Le lundi fut une journée difficile, son travail n'avançait pas, il avait du mal à se concentrer et pensait fréquemment à ses vacances. En sortant, il fit un détour par le café des chats et ne fut pas surpris de trouver la femme qu'il cherchait à sa table habituelle. Elle portait une cape écossaise ce jour-là, il ne vit pas d'animal. Il l'aborda en lui disant qu'il cherchait un chat gris.

-Vous avez perdu votre chat ?

Sa voix était un peu rauque

-Non, c'est celui d'une amie. Elle y tient beaucoup.

-Je comprends. J'en avais un moi aussi. Misty, un korat qui a vécu jusqu'à vingt ans…

Son regard s'était embué.

-Il est décédé il y a longtemps ?

-Trois ans et cinq mois, fit-elle avec un sourire triste.

Elle sortit son portable et lui montra la photo de Misty. Il ressemblait à celui de la vision de Jeff. Elle ajouta :

-Vous devriez demander à la patronne pour le chat de votre amie.

Il la remercia, lui dit qu'il avait une idée de l'endroit où était allé le chat et s'empressa de quitter le café. Il avait bel et bien vu ce Misty l'autre jour, ce qu'il nommait « sa crise de médiumnité » s'était donc répété. Il se rendit compte qu'il commençait à accepter ses nouvelles capacités, sans doute l'anxiolytique du psy y était pour quelque chose. Il avait le temps de flâner avant son prochain rendez-vous et se dirigea vers une librairie dont il ressortit avec un gros livre qu'il feuilleta dans la voiture ; il était tombé dessus non par hasard, estimait-il, mais guidé par une pulsion tout à fait inhabituelle. Une communicatrice célèbre y racontait ses expériences avec les animaux décédés. Il arriva avec quelques minutes de retard au cabinet du kiné. Une femme l'accueillit avec un grand sourire et lui dit de patienter, il ne la connaissait pas, mais elle lui jetait de fréquents coups d'œil et il se demanda s'il avait une tâche sur sa veste ou autre chose de plus voyant. Il attrapa un magazine pour éviter son regard. Elle se rapprocha de lui et fit sur le ton de la confidence :

-J'espère ne pas être indiscrète, mais…c'est vous qui avez vu le chien de mon mari dans la salle de consultation ?

-Non, répondit-il d'un ton incertain.

Elle était gonflée, celle-là ! Quant à son mari…

-Je comprends, vous ne voulez pas en parler… Mais quel don merveilleux vous avez !

Jeff fit mine de se replonger dans le magazine de décoration, mais elle ne lâcha pas prise.

-Vous savez, vous pourriez aider beaucoup de gens qui ne se remettent pas de la mort de leur animal…J'ai des amis que cela intéresserait vraiment. Moi aussi d'ailleurs.

Il leva la tête et dit froidement :

-Vous devez faire erreur, Madame. Je ne vois aucun animal décédé.

Elle hocha la tête d'un air de doute. Il sentit un chatouillis au niveau de son plexus alors qu'apparaissait comme par magie le berger allemand juste à côté de la femme. Il détourna le regard puis le ramena vers la femme, mais le chien était toujours là. Le pire c'est qu'il entendait l'animal répéter : « Je n'ai plus mal, je suis heureux. » Elle lui glissa une carte de visite au cas où il changerait d'avis. La porte du fond s'ouvrit brusquement sur le kiné dont les yeux s'arrondirent :

-Qu'est-ce que tu fais là, Agathe ?

Puis son regard se posa sur Jeff et il comprit. Il fit signe à son patient d'entrer dans la salle et se tourna vers sa femme :

-Tu ne lui as rien dit, j'espère ?

-Si, je lui en ai parlé.

-Mais, enfin !! C'est confidentiel !

-Tu n'avais qu'à pas me le dire alors !

Elle mit son manteau et prit son sac en lui rappelant qu'ils allaient au restaurant dans la soirée. Son client s'était allongé sur la table et le kiné s'excusa pour sa femme.

-Je viens juste de voir votre chien, à côté d'elle, dit Jeff un peu essoufflé.

Il ajouta :

-Il m'a dit qu'il allait bien maintenant. Il avait une zone noire sur le bas du dos.

-Oui. Il était paralysé de l'arrière-train à la fin... C'est incroyable quand même ! La voix du praticien tremblait un peu.

Jeff avait annulé l'invitation de son ami, il n'aurait pas pu parler d'autre chose que de ses visions et Adrien n'était pas la personne idéale pour aborder le sujet. Il se sentait déprimé, son boulot lui pesait et il n'avait envie de rien sauf de partir en vacances. Il avait la désagréable impression que sa vie était un gros mensonge, qu'il jouait un rôle qui ne lui convenait pas. Le rôle du parfait ingénieur, grand bosseur, le rôle du gentil fils à la recherche de la femme de sa vie, le rôle du bon copain toujours prêt à donner un coup de main. Il en avait le vertige. Les anxiolytiques lui permettaient de mener une vie normale, mais il voulait toute autre chose. Ça devait être de voir ces animaux morts qui le déstabilisait ou peut être était-il en train de faire un burn-out… Le psy lui avait dit de ralentir le rythme, mais au boulot c'était quasi impossible. Il avait réussi à poser une semaine de congés, mais pas avant un mois. Il décida de réserver l'hôtel déjà sélectionné en ligne, les photos du site lui mirent du baume au cœur.

-Ouah ! Tu veux dire que tu les vois vraiment ? s'exclama sa sœur, médusée.

Il avait fini par lui en parler, histoire de soulager la pression mentale que ses expériences provoquaient. Et puis il avait confiance en elle, même s'ils avaient un caractère très différent.

-Mais…. C'est la première fois que ça t'arrive ?

Jeff hocha la tête et lui fit promettre de ne le dire à personne. Fanny releva la tête, tout d'un coup :

-Tu te souviens du lapin, quand on était petits ?

Son frère fronça les sourcils, le regard interrogateur.

-Mais si ! Celui de la voisine Mme Genez…Il avait disparu et tu lui as dit où il se trouvait. Tu devais avoir cinq ou six ans. Maman me l'a raconté et elle pensait que tu avais kidnappé le lapin !

Fanny éclata de rire à cette évocation. Il secoua la tête et lui dit qu'il ne se rappelait pas. Cela le mettait mal à l'aise de savoir qu'il avait déjà eu des informations par télépathie avec un animal, car il était certain maintenant qu'il s'agissait de cela. Sa sœur l'observa et ajouta :

-Si tu allais voir un médium ou quelqu'un comme ça ? Je crois que j'ai un numéro de téléphone qu'on m'a donné…

Elle fouillait dans son sac. Jeff refusa catégoriquement sa proposition, il n'avait pas envie de se faire arnaquer, il y avait beaucoup trop de profiteurs dans ces cercles-là. Quand elle partit, il se sentit mieux d'avoir partagé son secret.

Après une nuit agitée, peuplée de rêves de lapins, chiens et chats qui voulaient absolument lui transmettre leurs messages, il se réveilla de mauvaise humeur et fatigué avec un début de migraine. Pourquoi ça tombait sur lui ? Il aimait bien les animaux, mais s'en passait sans problème au quotidien. Il prit un anxiolytique avec son chocolat chaud et décida pour la première fois de sa vie de ne pas aller au boulot. Il irait voir son médecin ce matin et un arrêt de trois jours lui permettrait d'enchaîner sur le week-end. Le soleil d'automne embellissait les couleurs des arbres et il marchait d'un pas vif, son arrêt de travail en poche. Il eut soudain envie de prendre le bus pour aller au centre. Une dizaine d'usagers, l'air absent, certains plongés dans leur Smartphone, d'autres, plus âgés, regardant par les vitres, partageaient son expérience des transports en commun. Lui-même s'absorba dans la contemplation du dos du chauffeur pendant un long moment avant de porter son regard sur une femme d'une trentaine d'années, assise devant lui de l'autre côté de l'allée. Sa gorge se serra quand il aperçut un petit épagneul installé aux pieds de la passagère, le chien le regardait fixement et Jeff lutta pour ne pas l'entendre. Il essaya vainement de s'intéresser aux autres passagers. Le message lui parvenait de plus en plus clairement : « Dis-lui d'aller voir un médecin. Elle est malade.» Il se força à diriger son regard vers le chien dont les yeux le suppliaient. La femme se leva à ce moment-là et le bus s'arrêta. Jeff hésita quelques secondes avant de descendre derrière elle, le chien la suivait sur le trottoir.

-Excusez-moi, Madame !

Elle se retourna et il lui sourit vaguement pour cacher sa gêne.

-Voilà, c'est à propos de votre chien...

Elle écarquilla les yeux et dit sèchement :

-Mon chien ? Vous voyez un chien où ?

Jeff reprit d'une voix hésitante.

-Celui qui est à côté de vous... Il veut vous transmettre un... message.

La femme haussa les épaules, le visage fermé et après un « Ça va pas, non ! » se détourna et accéléra le pas. Jeff ne bougea pas et haussa la voix :

-C'est un petit épagneul marron, il a un collier bleu.

Elle stoppa net et se retourna, l'air bouleversé. Il s'approcha lentement d'elle.

-Comment vous savez ? Il est mort il y a sept ans.

Jeff hocha la tête et lui dit qu'il avait cette capacité depuis peu. Il lui répéta ce que le chien avait transmis, l'animal le regardait en remuant la queue. La femme se mit à pleurer et sortit un kleenex de son sac.

-Il est là ? demanda-t-elle entre deux sanglots.

-Oui. Il ne vous a pas quittée.

Elle soupira plusieurs fois puis remercia Jeff et lui dit qu'elle suivrait le conseil. Il les regarda s'éloigner tous les deux et une vague de joie le submergea.

Il écoutait d'une oreille distraite le guide commenter les merveilles du musée archéologique d'Olympie, il avait hâte de revenir sur la terrasse de l'hôtel pour y contempler le coucher du soleil en sirotant l'ouzo du patron. Tout à coup, il leva la tête devant une statue et les mots du guide résonnèrent à ses oreilles :

-Hermès, le messager des dieux et le guide des morts...

Il sentit un léger vertige et s'éloigna du groupe. Puis tout devint clair dans sa tête, il comprit pourquoi il était sur cette terre, pourquoi il voyait tous ces animaux décédés, pourquoi il était venu jusqu'en Grèce. Il sut avec certitude qu'il allait quitter son travail et changer de vie. Enfin, il allait être heureux.

JE SERAI TOUJOURS LÀ

Lilou contemplait Bouli couché sur le dos au milieu de la pelouse, la tête renversée en arrière. Il ne bougea pas une oreille quand un insecte passa près de lui, et se mit à émettre un léger ronflement. La fillette ouvrit sa bande dessinée et se plongea avec délice dans les aventures d'Astérix, le chien ouvrit l'œil à moitié quand un intrépide bourdon frôla sa moustache puis se tourna vers Lilou avant de se rendormir. Son ronflement enfla et la petite lectrice lança un « Chut, Bouli ! » sans aucun effet.

-Ah tu étais là !

Sa mère arriva comme un tourbillon et ramassa quelques pétales fanés autour du buisson de roses.

-Viens goûter !

Lilou lui jeta un coup d'œil de reproche avant de la suivre dans la maison. Le chien remua des pattes en poussant des cris étouffés, il poursuivait dans son rêve le gros chat noir du voisin. Ce dernier émergea au milieu des sapinettes et se dirigea vers son ennemi, tourna autour de lui avant de lui administrer un coup de patte sur le cou, puis sur la tête. Bouli s'éveilla brusquement, les yeux exorbités, et lança un aboiement aigu avant de se lever et de se mettre à courir, mais le chat avait déjà disparu dans la haie. Lilou qui les surveillait riait derrière les carreaux de la cuisine. Sa mère remercia le ciel de leur avoir envoyé ce chien qui avait transformé sa fille. Elle ne riait pas souvent avant et n'avait pas de meilleure amie comme les écolières de son âge. Le psychologue qui la suivait pensait qu'elle souffrait d'épisodes dépressifs, mais la cause restait mystérieuse.

117

C'était Lilou qui l'avait remarqué blotti dans un coin de sa cage. Les visiteurs ne s'arrêtaient pas souvent pour lui, ils le trouvaient trop âgé et il semblait indifférent aux sollicitations des enfants. Un croisé griffon-labrit de onze ans, à la tête hirsute et au pelage gris. La fillette s'accroupit devant le grillage et fixa le chien. Il tourna la tête vers elle et elle se mit à fredonner une chanson.

-Il est un peu vieux, tu ne crois pas ? On va aller voir les autres. fit gentiment son père.

Lilou ne bougeait pas, le chien se leva et marcha lentement vers elle. Les yeux de la fillette plongèrent dans les yeux noirs du griffon et ils restèrent quelques secondes immobiles. Puis elle déclara que c'était lui qu'elle voulait. Sa mère protesta et avant de l'entraîner plus loin, laissa sa fille promettre au chien qu'elle allait revenir. Ils firent le tour du refuge, ses parents lui vantèrent les qualités d'un joli bichon, puis celles d'un jeune labrador, et ensuite la beauté d'un setter roux. Lilou n'en démordait pas, elle souriait aux animaux, mais son cœur avait choisi Bouli. Elle déclara à son père que le chien était d'accord pour venir chez eux ; sa mère refusa net et Lilou rentra chez elle en pleurs. Elle ne prononça pas un mot pendant trois jours et le psychologue qui la suivait, s'inquiétant de sa tristesse, les informa qu'il fallait lui trouver rapidement une activité ou un centre d'intérêt nouveau. Après une bonne semaine d'âpres discussions entre ses parents, il fut décidé qu'on repartirait le samedi au refuge adopter Bouli.

-Ça fait deux jours qu'il attend qu'on vienne le chercher ! fit la responsable du refuge.

-D'habitude, il se met dans un coin, mais là il est resté devant le grillage tout le temps et il était bien énervé ! expliqua-t-elle.

La petite se précipita devant la cage sans attendre, Bouli gémit puis aboya en la voyant. Elle lui confirma qu'ils allaient vivre ensemble puis se tourna, rayonnante, vers son père et ils entrèrent dans la cage. Le chien leur fit des fêtes dignes d'un chiot de six mois. En remplissant les formalités administratives, la responsable souligna le fait que les soins vétérinaires seraient pris en charge par le refuge, car Bouli était un senior avec de surcroît quelques rhumatismes, ce qui le rendait malheureusement difficile à adopter. Depuis ils ne se quittaient plus ; il l'attendait patiemment quand elle allait à l'école et l'accueillait à son retour avec le même enthousiasme chaque jour. Il dormait avec elle malgré l'interdiction parentale, rejoignait Lilou dès que le couple était couché et se glissait dans la chambre. Le matin il filait dans le salon aux premiers bruits du réveil des adultes et s'installait sagement dans son panier. Le bonheur était palpable entre eux et aucun nuage ne traversait leur ciel d'azur. Jusqu'à cette étrange nuit de juin.

Elle dormait depuis trois heures, Bouli allongé contre elle, quand elle s'éveilla envahie par une angoisse tenace. Le chien ouvrit immédiatement les yeux et se mit à trembler. Elle distingua dans la pénombre une silhouette au pied du lit et comprit qu'il ne s'agissait d'aucun de ses parents, Bouli fixait maintenant l'intrus et se mit à grogner pour protéger son amie. Les yeux de Lilou s'habituaient à l'obscurité et elle vit que c'était un homme assez vieux qui portait une casquette, elle sentit malgré sa peur qu'il ne lui ferait pas de mal. Serrant le chien contre elle pour se donner du courage, elle lui demanda ce qu'il voulait.

-Je vis ici, fit-il sans bouger.

Elle réalisa alors que ni lui ni elle n'avaient prononcé un mot, cet échange s'était passé dans son esprit et pourtant c'était comme si elle avait entendu sa voix. Bouli s'arracha à ses bras et se précipita vers l'homme qui disparut aussitôt. Lilou retint son souffle avant d'allumer sa lampe de chevet, il n'y avait personne dans la chambre ! Pourtant Bouli aussi l'avait vu. Elle hésita à appeler ses parents, ils ne la croiraient pas de toute façon et en plus ils seraient très fâchés de voir le chien sur son lit. Et il était hors de question qu'elle le remette dans le salon, elle ne voulait pas rester seule. Elle fit taire Bouli qui gémissait en reniflant le pied du lit, le posa sur la couette près d'elle et laissa la veilleuse allumée. Elle mit du temps à se rendormir et n'entendit pas l'animal regagner le salon le lendemain matin. La journée passa vite et en rentrant, Lilou commença à redouter le moment du coucher. Son père qui l'observait fronçant du sourcil au-dessus de son assiette demanda :

-Ça va ma chérie ?

Elle hocha la tête en écartant les carottes des autres légumes.

-Ne fais pas le tri ! s'exclama sa mère.

Lilou posa sa fourchette sur la nappe en soupirant.

-Tu n'as pas faim ?

Elle secoua la tête en regardant son père d'un air implorant. Ce dernier se leva et alla chercher une part de gâteau dans la cuisine.

-Tu lui donnes de mauvaises habitudes, dit sa femme, agacée.

Il ne répondit pas et promit à sa fille qu'il lui lirait une histoire avant de dormir. Le chapitre terminé, il se pencha pour l'embrasser et remarqua son visage tendu.

-Qu'est-ce que tu as ma Lilou ?

Elle ne répondait pas, alors il insista et elle finit par lui raconter.

-C'était juste un cauchemar, mon cœur.

Elle était sûre qu'il ne la croirait pas. La voyant encore inquiète, son père lui donna la permission exceptionnelle de dormir avec Bouli. Elle eut un petit sourire en coin et il pensa qu'elle était rassurée. La nuit fut calme et tous deux dormirent d'un sommeil profond.

Lilou était montée dans sa chambre chercher un livre, le rayon de soleil qui traversait le rideau parsemait le mur de jolis motifs de lumière. Il commençait à faire chaud et elle avait prévu de s'installer dans un recoin ombragé du jardin cet après-midi-là, Bouli l'attendait assis sur la terrasse. Elle attrapa la bande dessinée et sentant un regard dans son dos se retourna brusquement vers le lit, elle crut voir quelque chose bouger près de la table de chevet et eut le souffle coupé. Mais il n'y avait rien d'autre que ses objets habituels. Elle sortit en courant de la chambre, au même moment Bouli s'était levé en grognant et la mère de Lilou s'en étonna.

-Tu es de mauvais poil, Bouli ?

Le chien se précipita derrière la fillette qui traversait le jardin, le visage fermé. Elle s'assit sous un jeune chêne, ses bras enserrant le livre, et se balança d'avant en arrière pour se calmer. Un aboiement joyeux du chien la fit sursauter ; au-dessus de la haie, un jeune garçon aux oreilles décollées la fixait du regard.

-Salut, Lilou, fit-il un peu timidement.

-Salut, Mathéo, répondit-elle sans lever la tête.

Le fils du voisin, il ne manquait plus que ça ! Ils étaient en classe ensemble, mais ne se parlaient pas à l'école. Les autres filles se moquaient de ses grandes oreilles et de son air emprunté. Lui non plus n'avait pas vraiment d'amis ; il semblait toujours ailleurs, ce qui lui avait valu son surnom : « Le Martien. »

-Ça va ?

Elle fit un petit oui de la tête et ouvrit son livre. Mathéo tentait de démarrer une conversation, mais Lilou s'en fichait, elle voulait être tranquille. Il resta coi une minute puis :

-Ah t'aimes bien Astérix… Moi aussi.

Elle ne répondit pas. Le garçon hocha un peu la tête et s'éloigna de la haie. C'est le moment que choisit son chat pour apparaître comme par magie à côté de Lilou. La fillette tenta de l'éloigner, mais le chien était déjà debout, poil hérissé, prêt à un combat sanguinaire pour défendre son territoire. Elle eut envie de rire en voyant Mathéo enjamber péniblement une sapinette, déchirant au passage une poche de son jean ; il réussit cependant à attraper le félin puis rejoignit un petit portail pour rentrer chez lui. Elle resta les yeux dans le vague un moment avant de réaliser que Bouli n'était plus là, elle se mit à l'appeler en marchant autour du jardin. Elle comprit soudain en remarquant que le portail n'était pas fermé, il avait dû suivre le chat ! Elle passa chez le voisin, fit quelques pas sur la pelouse en renouvelant ses appels. Une femme en robe longue sortit de la maison et lui fit signe d'approcher.

-Ton chien est là ! dit-elle d'un ton amusé en montrant une porte-fenêtre.

Lilou rougit un peu en suivant la femme dans son salon, Bouli était assis sur un tapis à côté de Mathéo qui lui donnait des friandises.

-Désolée ! bredouilla-t-elle.

-Ça fait rien, répondit le garçon en haussant les épaules.

-Et ton chat ?

-Il est sur une étagère dans le garage, dit-il avec un petit sourire.

Sa mère revenait avec du coca et des biscuits sur un plateau. Lilou fut obligée de rester un peu pour être polie.

-Tu veux que je te prête des Astérix ?

-Une autre fois… Merci.

Elle attrapa le chien fermement et sortit de la maison. Sa mère surgit devant elle alors qu'elle regagnait la terrasse.

-Mais où t'étais ?

-Chez Mathéo…Bouli a suivi son chat.

La voix de Lilou était tranquille même si elle s'attendait à se faire gronder.

-Ah…Très bien ! …Tu m'avertis quand même la prochaine fois que tu vas chez ton ami.

À la grande surprise de la fillette, sa mère n'était pas en colère. En fait, elle était contente que sa fille manifeste de l'intérêt pour d'autres enfants. Oui sa fille allait bien mieux.

Dès que sa mère fut passée lui souhaiter bonne nuit, Lilou entrebâilla sa porte et se recoucha. Mais Bouli ne venait pas ; elle sortit de sa chambre et tomba sur son père en descendant l'escalier.

-Qu'est-ce que tu fais là ?

-J'avais soif.

Il lui dit de remonter dans sa chambre et qu'il lui emmènerait un verre d'eau. Elle vit que la porte du salon était fermée et se dit qu'elle irait chercher son chien plus tard. Elle retourna dans son lit, attendant le moment propice pour descendre au salon, mais elle était fatiguée et plongea dans le sommeil en quelques minutes. Elle s'éveilla brusquement et ce qu'elle vit la terrifia tant qu'elle ne put même pas crier. En bas, Bouli s'était mis à aboyer comme un fou contre la porte du salon. Lilou, incapable de bouger, entendait les voix parler dans son esprit.

-Il faut nous aider, faisait l'homme à la casquette

-Tu es dans ma chambre, reprochait une voix d'enfant.

-Toi, tu peux nous voir, disait la femme au chignon.

Grâce aux aboiements de Bouli, Lilou eut la force d'allumer la veilleuse. Mais ils ne disparurent pas et elle les voyait plus distinctement cette fois-ci. Ils étaient trois au pied de son lit, il y avait une petite fille avec un manteau à capuche qui se tenait entre l'homme et la femme, cette dernière avait un gros chignon sur la nuque et un pull blanc. À l'extérieur de sa chambre, elle entendit les portes claquer, distingua la lumière du couloir et perçut les voix de ses parents, mais elle ne pouvait toujours pas détacher le regard de ces apparitions. Bouli entra en un clin d'oeil dans sa chambre et aboya de plus belle face aux intrus qui s'évaporèrent comme de la fumée. Son père arriva peu après et trouva Lilou en état de choc, extrêmement pâle. Elle regardait dans le vide et ne réagissait pas aux coups de langue du chien. Sa mère les rejoignit et voulut appeler les urgences, mais son mari l'en dissuada. Ils restèrent près d'elle, lui parlant et la réconfortant jusqu'à ce qu'elle émerge de son état somnambulique, elle ne voulut pas parler de ce qu'elle avait vu. Sa mère lui donna un peu d'homéopathie pour l'apaiser et s'allongea sur le lit en la prenant dans ses bras, Lilou se rendormit alors. Le lendemain, sa mère l'emmenait chez le pédopsychiatre, il lui fit part de ses conclusions. Il ne pensait pas qu'il s'agissait de terreurs nocturnes, car la fillette se souvenait bien de ce qui lui avait fait peur et de plus ce genre de troubles se produisait en général sur des enfants plus jeunes. Il s'agissait vraisemblablement de cauchemars et il se proposait de voir Lilou plus souvent pour en trouver la cause.

-Oui, mais le chien a réagi aussi, objecta la mère

-Ah oui…. Vous savez, le lien entre les enfants et leur animal de compagnie peut être très fort et le chien a dû percevoir la peur de votre fille… Ne vous inquiétez pas, ça devrait aller mieux dans quelque temps.

Il lui tendit l'ordonnance et elle vit qu'il avait prescrit un anxiolytique.

-C'est indispensable ? fit-elle en tapotant le feuillet.

-Non…mais ça va l'aider.

Elle n'avait pas l'intention de donner ce médicament à sa fille, elle était adepte des médecines douces et acheta quelques plantes dans une herboristerie. Elle se dit aussi qu'elle pourrait aller voir ce magnétiseur qu'on lui avait recommandé. Lilou ne semblait pas perturbée par les évènements de la veille, mais elle parlait très peu.

-Ça te dirait d'inviter Mathéo à goûter aujourd'hui ?

La fillette haussa une épaule en regardant une vitrine de magasin.

-Tu préfères qu'on aille faire un peu de shopping ?

-Non. Je veux rentrer.

Sa mère lui avait promis de dormir avec elle ce soir-là et elle se sentait rassurée. En arrivant devant la maison, elle aperçut Mathéo devant le portail avec Blackie dans les bras. Il lui fit un petit bonjour de la tête puis s'éloigna à toute vitesse.

-Il est timide, ce garçon !

-Oui… fit Lilou en cherchant son chien du regard.

-Tu veux pas qu'on l'invite ?

La fillette ne répondit pas, elle n'était pas sûre d'avoir envie de le voir et pourtant elle sentait qu'il comprendrait mieux que les autres ce qui lui était arrivé. Elle hésita encore quelques secondes avant de lâcher un petit oui.

Debout devant les étagères de la chambre Mathéo examinait en connaisseur les nombreuses bandes dessinées de Lilou. Il s'assit sur le lit pour ouvrir un Boule et Bill de collection et s'exclama, enthousiaste :

-Trop cool !

Lilou , assise par terre, se mit à lire l'Astérix apporté par son voisin. Bouli était allongé sur le petit tapis du bureau, le museau entre les pattes. Au bout d'un bon quart d'heure, le silence fut rompu par la fillette qui demanda d'un air innocent :

-Tu crois aux fantômes, toi ?

-Hein ? fit le garçon en ouvrant des yeux aussi ronds que ses montures de lunettes.

Elle le fixait avec un peu d'inquiétude et il se dit qu'elle était vraiment trop belle.

-Les fantômes...Ben, j'en ai jamais vu...mais ma tante dit que ça existe.

Ce qu'elle appréciait chez lui c'est que ses réponses étaient directes et qu'il ne faisait pas de commentaire personnel. Mathéo avait un esprit curieux et plutôt scientifique. Il regarda le plafond puis Bouli et ajouta :

-T'en as vu, toi ?

Lilou hocha gravement la tête et lui fit un résumé factuel de son expérience.

-Trois ! Y en avait trois ! Eh ben... dit-il en secouant la tête.

-Tu sais qui c'est ? continua-t-il

-Non, je les ai jamais vus avant.

Il réfléchit un moment et lui suggéra de trouver l'identité des fantômes pour savoir ce qu'ils voulaient. La fillette le regardait avec un certain respect maintenant et il se sentait comme un super héros révélant sa vraie nature. Il proposa d'en parler à sa tante qui avait des relations dans le milieu des médiums ; elle de son côté ferait une petite enquête sur ses ancêtres et sur les anciens occupants de la maison. Ils se donnèrent rendez-vous le mercredi suivant chez lui. Lilou était soulagée, enfin une personne qui la croyait et qui tentait de l'aider ! Il n'y eut aucune visite d'esprits les nuits suivantes. Peut-être que l'infusion de plantes y était pour quelque chose ou peut être était-ce le soutien de son nouvel ami. En tout cas, Bouli avait maintenant l'autorisation officielle de dormir dans sa chambre et ses parents lui avaient fait promettre de les appeler si elle voyait quelque chose. Elle avait passé du temps à regarder les albums de famille sans rien trouver, de son côté Mathéo devait voir sa tante très bientôt.

Cela faisait deux heures qu'elles attendaient dans cette pièce à la tapisserie défraîchie. Le magnétiseur ne recevait pas sur rendez-vous, elles étaient pourtant arrivées de bonne heure ce samedi matin, mais il y avait huit personnes devant elle. Sa mère soupira et continua à feuilleter un magazine pendant que Lilou se plongeait dans un numéro des P'tites Sorcières. À onze heures vingt-cinq, elles entrèrent enfin dans le cabinet où un petit homme nerveux et sympathique les accueillit chaleureusement. La fillette laissa sa mère expliquer la raison de la consultation et s'allongea sur le grand fauteuil de repos. Mr Thuillard promena son pendule au-dessus de Lilou et commença ses passes magnétiques, elle se sentait sereine et relaxée. À la fin, il les rassura, précisant que la fillette était extrêmement sensible et qu'il lui faudrait apprendre à gérer ses émotions.

-Peut être le yoga ? demanda la mère

-Oui, très bien le yoga.

Pendant que sa mère assise au bureau sortait son carnet de chèques, Lilou leva brusquement la tête et retint un cri. Au-dessus du magnétiseur flottait un visage d'homme aux rides marquées et aux cheveux noirs très courts. Mr Thuillard se retourna vers le mur puis vers Lilou et lui fit un petit signe avec un sourire qui indiquait que lui aussi l'avait vu.

-Tu peux me le décrire ? demanda-t-il.

La mère, étonnée, le fixa.

-Je pense que votre fille a des capacités de médium, dit-il tranquillement puis il s'adressa à Lilou.

-Alors ?

La fillette détailla sa vision et il hocha la tête, satisfait.

-Il ne faut pas avoir peur, tu sais. Il y a d'autres personnes qui ont ces perceptions.

-Mais…qu'est-ce que vous racontez ? Vous n'avez pas le droit de lui mettre ça dans la tête ! interrompit la mère d'une voix agressive.

-Je suis médium moi aussi et je peux voir les décédés, mais j'ai choisi de guérir les vivants… Je comprends votre réaction, Madame. Si vous voulez aider votre fille, il faudra accepter ses capacités, dit-il d'une voix aimable.

Il les raccompagna à la porte et sourit à Lilou avant de recevoir un autre client.

-Tu dis rien à Papa, surtout.

Lilou acquiesça, sa mère était énervée et regrettait d'avoir vu Mr Thuillard. La fillette, elle, était ravie d'avoir rencontré quelqu'un qui partageait ses visions et lui affirmait qu'elle n'avait pas rêvé. Elle n'osa pas demander de détails sur les anciens occupants de la maison, peut-être que son père répondrait à ses questions. Mathéo lui téléphona en fin d'après-midi, tout excité, et l'informa qu'il avait parlé de « l'affaire », comme il disait, à sa tante et cette dernière avait déjà contacté une amie médium. Lilou lui résuma la visite chez le magnétiseur et éprouva une certaine satisfaction à entendre les exclamations de son ami.

-Comment on va faire si ta mère ne veut pas voir la médium ? demanda le garçon

-Je sais pas…On va trouver un stratagème.

Elle aimait bien ce mot. Elle attendit le bonsoir de son père avec impatience.

-Tu sais qui habitait là avant nous ?

-Pourquoi tu me demandes ça ?

Elle avait préparé la réponse.

-C'est pour l'école. On fait un exposé sur les habitants de notre quartier dans les vingt dernières années.

-Heu... La maison est restée inoccupée pendant un bon moment avant qu'on l'achète. Je crois que l'ancien propriétaire était décédé et sa femme a déménagé avec les enfants...

Il dit brusquement :

-C'est à cause de ton cauchemar, ma Lilou ?

Elle nia énergiquement et appela Bouli qui inspectait son cartable ouvert. Elle fit un rêve surprenant dans lequel Mathéo déguisé en Sherlock Holmes et elle menaient une enquête sur la disparition d'une bande de chats, ils virent une cabane au fond d'un bois, le couple avec l'enfant de sa vision sortirent sur le pas de la porte protestant qu'ils n'avaient rien à voir avec l'enlèvement. Elle se réveilla un bref instant, enlaça le cou du chien et reprit son rêve. Mais elle ne se souvenait plus de rien au réveil.

Mathéo enjamba élégamment la sapinette et retrouva Lilou dans leur coin favori. Elle lui fit part des informations sur les précédents occupants de la maison, mais il n'eut pas l'air satisfait. Elle remarqua qu'il portait un nouveau t-shirt plutôt branché.

-La médium vient déjeuner mercredi, fit-il d'un air de conspirateur.

-Il faudrait qu'elle vienne à la maison ! rétorqua la fillette.

-J'en ai parlé à ma tante, elles pourraient passer chez toi dans l'après-midi quand tes parents sont pas là.

Lilou réfléchit rapidement, elle dirait à sa mère que Mathéo viendrait mercredi pour l'exposé. Elle acquiesça d'un mouvement de tête et lui sourit ; ils mirent au point les derniers détails.

-Il n'est pas très en forme Bouli, dit son père qui observait le chien depuis un petit moment.

La fillette le regarda, surprise.

-Il prend ses médicaments pour l'arthrose ? demanda-t-il à sa femme.

-Mais oui ! C'est peut-être la chaleur qui le fatigue.

-Je vais prendre rendez-vous chez le véto. Il n'est plus tout jeune.

Lilou ressentit une inquiétude bizarre et caressa son chien. Il la regarda tendrement avant d'aller se coucher dans son panier. La mère de Lilou ne travaillait pas le mercredi après-midi, elle sortait souvent en ville avec sa fille. Mais puisque le petit voisin venait, elle pourrait se chouchouter à l'institut de beauté pendant deux heures au moins. Un quart d'heure après son départ, la tante de Mathéo sonna à la porte, une femme aux cheveux gris et aux yeux bleus prénommée Suzanne l'accompagnait. La fillette, Bouli sur ses talons, les conduisit dans sa chambre ; la médium s'immobilisa au milieu de la pièce et ferma les yeux un moment en respirant profondément. Elle regarda Lilou et lui dit d'une voix calme :

-Je les sens près de moi. Ils t'ont parlé ?

Lilou hocha la tête.

-Ils habitaient ici… Il s'est passé quelque chose de terrible… Il a…

Elle s'interrompit et s'assit sur le lit.

-Quoi ? fit Mathéo, impatient.

Sa tante fronça les sourcils en le regardant et il se tut. Suzanne s'exclama :

-Il a mis le feu à la maison ! Ils sont tous morts… C'était un accident.

Elle secoua la tête d'un air désolé, Bouli vint se coucher près d'elle et posa son museau sur ses pieds. Elle inspira longuement et dit à Lilou :

-Ils ne savent pas qu'ils sont morts. C'est pour ça qu'ils viennent te voir. Je vais leur dire qu'ils ne doivent pas rester là.

Elle se concentra et ferma les yeux de nouveau, un silence total régnait dans la chambre. Le garçon jetait de fréquents coups d'œil à son amie, se demandant si elle aussi ressentait leur présence ; Lilou était calme, elle voulait juste que cette famille parte dans l'autre monde. Elle ne remarqua pas que sa lampe de chevet commençait à vaciller jusqu'à qu'elle se fracasse sur le plancher. Tous, à part Suzanne, sursautèrent et le chien se mit à grogner. Ils attendirent sans bouger une autre manifestation des esprits, mais rien ne se passa. Après un long moment, la médium ouvrit les yeux et se leva, le visage anémié :

-C'est fini.

Puis elle s'adressa à Lilou :

-Fais attention à ton chien, il a absorbé beaucoup de choses pour te protéger.

Mathéo, après le départ de sa tante et de Suzanne, réfléchit longtemps, fixant le vide à son habitude. La fillette de son côté était soulagée et reconnaissante de l'aide apportée par son ami. Ils étaient dans la cuisine et elle sortit un morceau de tarte du frigo ainsi qu'une bouteille de coca.

-Alors tes parents ne savent pas que votre maison a brûlé… Ou c'était il y a longtemps.

-Ça devait pas être le propriétaire d'avant, car y a que lui qui est mort, fit-elle la bouche pleine.

-C'est peut-être un incendie criminel.

Il avait repris son air de conspirateur. Lilou haussa les épaules, peu lui importaient les raisons de l'incendie, elle voulait juste ne plus les voir.

-Tu t'en fiches, hein ? dit-il un peu déçu.

Elle hocha la tête et se mit à rire quand il fit tomber un morceau de gâteau sur son T-shirt. Elle le raccompagna jusqu'au portail et lui fit une petite bise sur la joue pour la première fois. Il partit à toute vitesse pour cacher son visage rouge et lança un cri de joie dès qu'il fut à l'intérieur. Elle guettait leur retour par la fenêtre de la cuisine, elle les vit soudain, son père avec Bouli qui tirait sur sa laisse pour rejoindre la maison.

-Ça va, dit-il en croisant le regard anxieux de sa fille.

Il ajouta :

-Il a une faiblesse au cœur, il faudra faire attention dans les promenades. Le véto m'a donné des médicaments.

Lilou câlina le chien avant de lui donner un petit bout de gâteau. Les mois qui suivirent, la fillette ne vit plus aucun fantôme. Elle avait de nouvelles copines à l'école, mais Mathéo restait son meilleur ami, lui aussi s'était mieux intégré dans la classe et collectionnait maintenant les t-shirts mode. Ce mercredi d'octobre ils étaient assis dans le jardin de Lilou, en pleine lecture de bandes dessinées. C'était une belle journée et les couleurs rouge et orangées des arbres chatoyaient sous le soleil. Soudain la fillette sursauta et se pencha vers le chien, allongé près d'eux ; elle le regarda dans les yeux et s'exclama :

-Non, Bouli !

Mathéo releva la tête et demanda :

-Qu'est-ce qu'il y a ?

-Il m'a dit qu'il partirait bientôt.

Son amie semblait bouleversée.

-Quoi ? Tu comprends son langage ?

Elle ne répondit pas et posa sa main sur la tête du chien.

-Il dit qu'il reviendra me voir après.

Les larmes coulaient sur ses joues. Le garçon passa un bras autour des épaules de Lilou et tenta de la réconforter. Peut-être qu'elle s'était trompée, peut-être que Bouli n'avait pas voulu dire ça. Elle hocha la tête pour le rassurer, mais au fond elle avait toujours su que son chien ne resterait pas longtemps.

Bouli mourut d'une crise cardiaque une semaine plus tard. Ses parents s'étonnèrent du calme de leur fille, sa mère pensa qu'elle était moins attachée au chien depuis l'arrivée de Mathéo. La fillette attendit pendant des semaines que Bouli lui apparaisse dans la chambre, il lui manquait tellement ! Un mercredi après-midi, son ami sonna à la porte avec un chiot noir dans les bras, un cadeau de sa tante pour Lilou. Elle le caressa, admira ses jolis yeux bruns et entendit une voix douce :

-C'est moi, Bouli. Je suis de retour.

ANTOINETTE ET LA DÉESSE

Assise sur le lit, elle contempla un instant son fauteuil en velours gris si confortable puis elle balaya du regard la pièce claire et spacieuse qui donnait sur un petit jardin. Une table en pin occupait le centre du studio, la kitchenette à droite était flambant neuve, la salle de bains n'avait hélas pas de baignoire, mais une belle douche à l'italienne. Elle n'avait pas défait sa valise et son sac comme si elle hésitait encore à s'installer ici. C'était pourtant elle qui avait décidé de vendre sa maison, son fils lui avait laissé le choix. Il habitait à quelques centaines de kilomètres et elle ne le voyait pas souvent, il ne se rendait pas vraiment compte de la solitude d'Antoinette. Elle ne voulait pas le mettre à contribution pour payer son séjour dans cette maison de retraite, renommée pudiquement « résidence-autonomie », il avait déjà trois enfants à charge dont il fallait financer les études. Elle se leva et marcha d'un pas léger jusqu'au jardin, elle se pencha vers la plate-bande étroite où se mélangeaient anémones, primevères et des fleurs bleues qu'elle ne connaissait pas. Elle sursauta, on frappait bruyamment à sa porte. Une voix aiguë cria :

-Madame Menaud !!!

L'employée entra avant qu'elle ait le temps de répondre et lui demanda si elle avait besoin d'aide pour s'installer, Antoinette déclina poliment la proposition. Elle avait bien le temps de ranger ses vêtements et ses photos ! Elle prit un livre et s'assit dans le fauteuil, en espérant ne pas être dérangée jusqu'à l'heure du dîner.

Bastet marchait silencieusement le long du couloir, elle croisa deux pensionnaires qui la saluèrent gentiment. Elle s'arrêta devant la porte de la dernière chambre et se tint un long moment immobile, la tête redressée.

-Bonjour, ma belle !

La femme brune au visage souriant ne paraissait pas son âge, elle en était très fière et s'efforçait de s'activer toute la journée pour garder le physique et le moral de ses quarante ans, la période la plus heureuse de sa vie.

-Toi aussi, petite curieuse, tu viens voir la nouvelle ?

Bastet l'ignora superbement et fit demi-tour pour se diriger vers la salle à manger.

-Qu'est-ce qu'elle est susceptible ! soupira Liliane.

Puis elle tapa deux coups secs à la porte. Une femme grisonnante aux yeux clairs lui ouvrit et la regarda d'un air interrogateur.

-Je suis Liliane, votre voisine, fit-elle, un peu mal à l'aise devant ce visage fermé

-Antoinette, dit la nouvelle arrivante en lui tendant la main.

-Je vous emmène à la salle à manger, c'est l'heure du dîner.

-Non merci, je n'ai pas faim.

-Je comprends… C'est votre première journée et vous n'avez pas envie de voir du monde.

Antoinette ne répondit pas.

-Vous savez, les gens sont gentils ici. Et puis aujourd'hui ou demain… Moi la première semaine où je suis arrivée, je ne voulais parler à personne ! Mais je n'ai pas fait la grève de la faim pour autant !

Elle éclata de rire en tapotant ses hanches rebondies. Sa voisine lui sourit vaguement puis lui demanda de l'attendre une minute, le temps de se donner un coup de peigne. En entrant dans la grande salle, elle eut l'impression que tout le monde la dévisageait et elle baissa les yeux vers la table de six personnes où Liliane avait pris place. Cette dernière lui présenta les autres convives : deux femmes veuves et un couple dont l'homme au visage rougeaud ne s'intéressait qu'aux plats et au vin qu'il portait à sa bouche sans aucune pause. Antoinette plaignit silencieusement sa femme qui levait maintenant des yeux énamourés vers son Gargantua. Comment pouvait-on aimer cet aspirateur à nourriture ? Elle détourna les yeux, un peu dégoûtée, et aperçut soudain un chat blanc au masque gris qui approchait de leur table. Il lui sembla magnifique et elle demanda à Liliane qui était son propriétaire.

-Elle n'appartient à personne. C'est le chat de la maison, le refuge nous l'a emmenée il y a deux ou trois ans.

-Comment elle s'appelle ?

-Bastet, répondit Jacqueline, la bouche pleine.

-Bastet, comme la déesse égyptienne ? demanda Antoinette.

-Hein ? dit la veuve en haussant ses sourcils dessinés au crayon.

Elle continua après une gorgée de vin :

-Non, comme le quartier Basté. Vous êtes veuve vous aussi ?

-Oui.

Aucune de ses voisines de table ne connaissait l'Égypte. Elle adorait y aller avec son mari, tous deux étaient passionnés par l'histoire de ce pays. L'autre veuve dont elle ne se rappelait pas le prénom lança :

-Vous faisiez quoi comme métier ?

-J'étais mère au foyer. Avant, je travaillais dans un orchestre.

Jacqueline se tourna vers elle, l'œil intéressé.

-Quel genre de musique ?

-Classique. J'étais flûtiste.

La femme afficha un air déçu. Liliane expliqua :

-Jacqueline préfère le musette ! C'est une fan d'Yvette Horner.

Les autres guettèrent l'arrivée du dessert accueilli par une série de « ah ! » ravis. La chatte s'assit au pied d'Antoinette qui se baissa pour la caresser.

-T'as la cote avec Bastet ! Elle est sympa, mais elle a ses chouchous, fit Liliane.

Elle fit un geste discret de la main vers une table au fond de la salle et chuchota :

-Son grand ami, c'est Gilbert. Celui avec le polo vert. Bel homme, hein ?

Antoinette jeta un coup d'œil rapide à Gilbert et ne fit aucun commentaire. Liliane continua les présentations.

-À la table à côté, c'est la tribu des Tamalou.

-Pardon ?

-Des « T'as mal où ? »

Liliane eut un petit rire partagé par Jacqueline.

-Et là-bas, fit Jacqueline en désignant une autre table, c'est Marilyn.

Antoinette identifia tout de suite une femme très maquillée au décolleté généreux.

-C'est vraiment son prénom ?

Gargantua qui n'avait plus rien à manger rétorqua que ce prénom lui allait très bien, sa femme pinça les lèvres en soulevant sa tasse à café. Liliane proposa à sa voisine une petite promenade digestive autour de la propriété, mais Antoinette voulait regagner son studio. Elle pleura en réalisant qu'elle allait rester là jusqu'à la fin de sa vie puis elle sortit une photo encadrée de sa valise et la contempla avant de murmurer :

-Bonne nuit, mon chéri !

Un mois s'était écoulé depuis son arrivée, elle avait testé les différentes activités proposées aux résidents et en avait choisi deux : gym et chorale. Liliane participait à tous les ateliers, sauf celui du chœur, car elle affirmait chanter faux comme une casserole. Ce matin-là, une effervescence inhabituelle se propageait dans les couloirs, Jacqueline les apostropha devant la salle à manger.

-Madame Mathieu est décédée !

-Elle était malade ? fit Liliane, surprise.

-Non ! Il paraît que c'était une crise cardiaque... Et vous savez pas ? Bastet est restée avec elle toute la nuit, alors qu'elle ne fait jamais ça !

Liliane se tourna vers Antoinette :

-C'est la veuve qui mangeait à notre table.

Jacqueline communiquait maintenant la nouvelle à Gargantua qui hocha la tête d'un air entendu en murmurant :

-Quand c'est notre heure...

Antoinette le fixa sans aménité, elle supportait de plus en plus mal sa goinfrerie et voulait changer de table, Liliane l'avait prévenu que ce ne serait pas facile. Elle prit une grande inspiration et traversa la salle à manger ; Gisèle, une copine de la chorale lui fit signe en désignant une chaise libre. Antoinette fit un signe de tête rapide aux autres avant de verser de l'eau sur son thé. À la table de Liliane, quelques réflexions malveillantes fusèrent :

-On est pas assez bien pour elle ? lança la femme de Gargantua d'un air mielleux.

-Faut croire ! rétorqua son mari.

-Quand même, elle aurait pu nous prévenir ! C'est impoli, fit Jacqueline.

Liliane haussa les épaules sans faire de commentaires ; si elle n'approuvait pas le comportement de son amie, elle était assez admirative devant son audace. À la table d'Antoinette, les résidents étaient choqués par la nouvelle du décès. L'un d'entre eux, au physique de clown blanc, fit remarquer que le chat avait dû pressentir quelque chose. Les autres protestèrent que c'était une pure coïncidence sauf Gisèle qui resta silencieuse à les observer. Antoinette appréciait sa discrétion et sa belle voix de soprano. Gilbert arriva à la table de Liliane et demanda poliment s'il pouvait s'y installer. Les trois femmes se mirent soudain à sourire, heureuses qu'il ait choisi leur groupe ; Gargantua à son habitude, ne leva pas le nez de son bol.

-Bastet n'est pas là ce matin ? demanda Gilbert

-Ils l'ont emmené chez le vétérinaire dit Jacqueline en présentant le beurrier au bel homme.

-Ah ! Elle est malade ?

-On ne sait pas, fit Liliane qui surmontait avec peine son émotion d'être si près de Gilbert. Ils veulent voir si elle aurait pu transmettre un virus à Mme Matthieu.

139

Antoinette se retourna vers leur table à ce moment-là et Gilbert lui fit un petit signe amical, elle se détourna sans lui répondre.

Elle rêva à son mari cette nuit-là. Ils étaient dans une chambre funéraire égyptienne éclairée par de grandes torches de feu et contemplaient un tombeau ouvert ; elle s'approcha pour regarder à l'intérieur malgré les protestations de Pierre. Une petite boule de lumière s'éleva du sarcophage, tourna autour de la tête d'Antoinette et retomba sur le sol avant de s'éteindre. Stupéfaite, elle vit alors apparaître à cet endroit une belle femme à tête de chat qui la fixait de ses yeux vert émeraude, elle semblait vouloir lui transmettre quelque chose d'important. Elle se tourna vers son mari, mais celui-ci avait disparu. Derrière la déesse, une ombre grandissait et commençait à prendre forme, Antoinette tenta de reculer, mais ses jambes ne répondaient pas. L'être immense, mi-homme mi-chacal, se tourna vers elle et elle sut que le dieu des morts l'avait trouvée ; Bastet continuait à la regarder tristement. Elle se réveilla en tremblant, le réveil indiquait sept heures dix. Elle mit sa robe de chambre et passa dans son jardin pour aspirer l'air frais à pleins poumons. La chatte arriva en un éclair devant le parterre de fleurs et frotta sa tête contre les chaussons de son amie. À huit heures, Antoinette entra dans la salle à manger et se dirigea vers la table du fond occupée par Gisèle ; Gilbert arriva en même temps et prit place à côté d'elles pendant que Gisèle observait avec amusement le visage renfrogné de Liliane.

-Bastet est en pleine forme, elle n'a aucun virus, fit-il d'un air joyeux.

-C'est vrai, je l'ai vue ce matin, elle allait bien, répondit Antoinette

-Vous savez, avant j'étais son préféré ! Mais depuis que vous êtes là...plaisanta-t-il avec un sourire radieux.

Gisèle vit de loin le visage de Liliane rougir de contrariété.

-Oui, elle a ses têtes comme nous tous, lança Gisèle de sa voix tranquille.

Gilbert but son café et se leva :

-À tout à l'heure, Mesdames. Je vais m'échauffer la voix.

Le groupe attaqua un chant Gospel sous la direction de Rose, ancienne professeur de musique. Cela faisait plusieurs fois qu'ils répétaient *Go down Moses* et certains avaient du mal à retenir la mélodie. La chef de chœur tenta de les remotiver en leur rappelant que le concert aurait lieu dans trois mois et qu'il fallait travailler dur pour livrer une belle prestation. Les trois hommes du chœur se redressèrent fièrement avant de faire entendre leurs voix de basse, mais Gilbert était un peu à la traîne. Rose ne fit pas de remarque, consciente de la difficulté de recruter des messieurs, mais s'en prit à une autre choriste qui accumulait les fausses notes. Gisèle, levant les yeux au ciel, regarda Antoinette qui rit silencieusement. La femme prit mal la remontrance de Rose et déclara qu'elle abandonnait la chorale. La répétition reprit malgré tout dans une ambiance un peu tendue, mais Gilbert réussit à dérider les participants pas quelques plaisanteries bon enfant. Gisèle et Antoinette partirent se promener dans le parc juste après, Bastet les suivit sans hésitation. Elles discutèrent du fonctionnement de la maison de retraite, des activités proposées et Gisèle lui proposa d'aller manger un dimanche dans un restaurant à quelques kilomètres. Puis elle rentra accompagnée par la chatte. Antoinette regardait les arbres en réfléchissant à sa nouvelle vie, elle commençait à s'habituer à cette résidence et s'ennuyait de moins en moins. Elle repensa à son cauchemar de la veille et tenta de chasser son sentiment d'inquiétude, ce n'était qu'un rêve ! Dès demain elle allait s'occuper de son jardin et planter des pensées pour l'automne.

Bastet s'était couchée sur le rebord de la fenêtre de Gisèle qui n'arrivait pas à la faire sortir. La pensionnaire se glissa dans son lit de bonne heure et commença à lire un roman historique pris à la bibliothèque de la résidence. Antoinette triait ses photos, décidée à les installer sur un grand panneau blanc ; elle s'endormit rapidement sans même regarder la fin du film à la télé. Gilbert se tournait et retournait dans son lit sans trouver le sommeil, il se leva pour prendre des cachets contre l'insomnie. Pendant ce temps Liliane rêvait à lui, ils étaient tous les deux en Italie et il la prenait dans ses bras devant la fontaine de Trevi à Rome. Antoinette se trouvait de nouveau face au tombeau égyptien, Gisèle près d'elle. La déesse Bastet les regarda l'une après l'autre puis disparut soudain. L'ombre d'Anubis s'étendit lentement sur le sarcophage, Gisèle cria à son amie de partir vite, mais Antoinette n'arrivait pas à bouger. Soudain la salle devint noire et elle s'éveilla en sueur, il était trois heures du matin. Elle se leva, prit un verre d'eau et se rendormit jusqu'au petit matin. En arrivant dans la salle à manger, elle ne vit pas Gisèle ; une de ses voisines lui dit qu'elle avait fait un malaise et qu'on l'avait emmenée aux urgences tôt le matin. Antoinette, bouleversée, se précipita à l'accueil pour en savoir plus. La réceptionniste lui donna le nom de l'hôpital et Antoinette revint dans son studio pour appeler le service des urgences, une voix sèche lui annonça alors que son amie était en train de passer des examens et qu'il faudrait rappeler dans l'après-midi. Un grattement répété à sa porte la sortit de son état de sidération, Bastet entra et commença à miauler plaintivement. Elle semblait apeurée, Antoinette la câlina et lui parla longuement. Puis la chatte se dirigea vers la porte-fenêtre du balcon, attendant patiemment qu'on lui ouvre. Quelqu'un venait de frapper discrètement à sa porte, elle se retrouva nez à nez avec Gilbert qui venait prendre des nouvelles de Gisèle. Il resta poliment sur le seuil de la porte, Antoinette ne l'invita pas à entrer. Bastet se frotta aux mollets du visiteur et finit par s'échapper dans le couloir, passant entre les jambes de Liliane qui, regagnant son appartement, avait aperçu son bien-aimé. Cette dernière s'approcha de ses deux voisins sans hésiter et Gilbert la mit au courant rapidement.

-On pourrait aller la voir, fit-elle en s'adressant à Gilbert.

-Oui, répondit-il distraitement en regardant Antoinette.

-Dès que j'ai des nouvelles, je vous tiens au courant, dit cette dernière en fixant le mur derrière eux.

Elle referma la porte et s'assit, les sourcils froncés, en repensant à son rêve. Elle avait appris par Gilbert que Bastet avait passé la nuit chez Gisèle, certains pensionnaires commençaient à regarder la chatte de travers, comme si elle était responsable du décès et de la maladie des deux femmes et la chassaient quand elle croisait leur chemin. Elle décida qu'elle garderait Bastet avec elle cette nuit, elle avait l'impression que l'animal était en danger. Elle tenta de se plonger dans son nouveau roman, mais sans succès. Finalement, elle s'occupa de son jardinet jusqu'à l'heure du repas. Liliane avait changé de table et pris la place de Gisèle, elle attendait la venue de Gilbert. Elle accueillit aimablement Antoinette et évita de parler de la malade. Elles étaient en pleine discussion sur un célèbre romancier français quand le visage de Liliane se ferma et son sourire s'évanouit : Gilbert s'était installé à la table voisine juste en face de Marilyn, moulée dans une robe à fleurs estivale. Liliane resta silencieuse jusqu'au dessert et Antoinette engagea la conversation avec Émilie, férue de jardinage, qui lui proposa de venir voir ses fleurs.

-Comment vas-tu ?

Gisèle répondit que ça allait mieux en souriant à ses deux copines qui avaient porté une boîte de chocolats artisanaux. Elle avait eu un petit infarctus et devait rester une semaine à l'hôpital. D'après les médecins elle avait eu de la chance, pour Gisèle son ange gardien s'appelait Bastet : la chatte avait appuyé sur le bouton d'alarme du salon vers cinq heures du matin, devinant l'urgence de la situation.

-Bastet a déclenché l'alarme ? C'est incroyable ! fit Liliane, sceptique.

Gisèle hocha la tête en regardant Antoinette qui déclara :

-C'est une chatte très intelligente, elle a des capacités…particulières.

143

-Au fait, Gilbert t'envoie ses vœux de rétablissement. Il viendra te voir bientôt, annonça Liliane en prenant un chocolat.

Antoinette lui avait emmené quelques affaires dans un petit sac, elles restèrent une demi-heure de plus et promirent de revenir le lendemain. En rentrant dans leur résidence, elles croisèrent Émilie qui invita Antoinette dans son studio ; Liliane fila vers le parc, impatiente de trouver Gilbert.

-C'est magnifique ! s'exclama Antoinette devant les roses remontantes Félicia dont le parfum soutenu l'enivrait.

-Elles viennent de mon jardin, vous savez.

Émilie dispensa généreusement ses conseils d'experte et Antoinette commençait à trouver le temps long. Tout à coup elles entendirent un miaulement aigu et une voix de femme fustigeant le chat ; Bastet arriva à la vitesse de la lumière, poil hérissé, et se réfugia dans les jambes d'Antoinette.

-Elle n'a pas que des amis, dit Émilie. Ça se comprend un peu...

Devant l'air surpris de son invitée, elle ajouta :

-Il y a des gens qui pensent qu'elle attire la mort.

-Ce sont des idiots ! C'est exactement le contraire, répondit Antoinette indignée.

Elle prit la chatte dans ses bras et en profita pour quitter Émilie. Elle la posa devant la porte de son studio et Bastet ne bougea pas comme si elle avait compris qu'elle resterait chez son amie. Liliane avait donné des nouvelles de Gisèle à plusieurs pensionnaires et Gilbert pensait lui rendre visite, elle sauta sur l'occasion pour lui proposer d'y aller avec lui et il demanda si Antoinette serait là.

-Normalement oui, fit-elle assez sèchement.

Il hocha la tête d'un air joyeux et salua un autre pensionnaire. Liliane se dit qu'il n'en avait rien à faire d'elle ; elle ne comprenait absolument pas pourquoi il s'intéressait à Antoinette qui n'était ni jolie ni souriante. Ce soir-là, elle dîna à sa table habituelle et Gargantua lui-même se rendit compte que quelque chose n'allait pas, elle ne décrocha ni un mot ni un sourire et ne jeta aucun coup d'œil aux autres convives. Antoinette, assise entre Émilie et Gilbert, bavardait agréablement. Oui ce Gilbert était un séducteur, mais c'était si bon de recevoir des compliments ! Ce soir-là dans son appartement, elle encouragea Bastet à faire un petit tour avant de se coucher, la chatte rentra au bout de dix minutes et s'installa sur un torchon propre qu'Antoinette avait posé sur la couverture. Elle mit du temps à s'endormir, peut-être à cause de cette quiche lorraine si délicieuse, mais lourde à digérer. Sa respiration s'accéléra quand elle se retrouva devant Anubis qui avait terrassé la déesse Bastet : elle gisait au pied du tombeau, ses magnifiques yeux émeraude fermés pour l'éternité. Antoinette pleurait son amie qui l'avait défendue jusqu'au bout, plus loin, elle devinait les silhouettes de Pierre et de Gisèle qui ne pouvaient plus rien pour elle. Elle se redressa pour faire face au dieu des morts, qu'il la tue s'il voulait. C'est alors que Gilbert apparut debout à côté d'Anubis et lui tendit la main ; elle secoua la tête, refusant son aide, et lui conseilla de fuir. L'ombre de l'homme-chacal rétrécit et la lumière des flambeaux sur les murs devint si brillante qu'elle cligna des yeux plusieurs fois. Elle s'éveilla brusquement et vit que Bastet dormait toujours. Elle sourit et se leva prendre une douche, à son retour la chatte ne bougeait toujours pas et Antoinette constata, horrifiée, qu'elle était morte. Elle se rassit sur le lit en pleurant, elle comprit le sens de son rêve et fut persuadée que Bastet avait pris son mal-être sur elle et lui avait sauvé la vie.

-Ma Bastet chérie, pourquoi tu as été aussi courageuse ?

Le vétérinaire avait emmené le petit corps de la chatte, on devait vérifier la cause de sa mort. Antoinette et Gilbert étaient tristes, ils étaient passés voir Gisèle, mais ne lui avaient rien dit sur la mort de Bastet. Liliane, qui en voulait toujours à Gilbert, n'était pas venue. Le temps passa et la résidence accueillit un jeune chien venu d'un refuge. Gisèle décéda d'un nouvel infarctus quatre mois après Bastet, Antoinette et Gilbert se rapprochèrent et devinrent de bons amis. Liliane se lança à la conquête d'un nouveau pensionnaire, retraité de la police, et réussit enfin à avoir une relation amoureuse qu'elle espérait concrétiser par un nouvel appartement pour les couples. Antoinette ne fit plus de rêve de tombeau égyptien, Gilbert et elle partirent en voyage organisé en Égypte. Au musée du Caire, devant une statue très ancienne de Bastet, tous les deux la remercièrent et prièrent pour Gisèle et pour la chatte.

-Bastet était venue pour toi, affirma Gilbert.

-Et pour Gisèle, rectifia Antoinette.

-Tu as les yeux de plus en plus verts, fit-il en lui prenant le bras.

Elle rit et cette nuit-là, la déesse revint la voir et désigna un homme qui ressemblait à Gilbert. Elle hocha la tête, prête à un nouveau départ sur cette terre.

PIGEON VOLE

Il se tenait devant le pigeonnier, les jambes un peu écartées et la casquette en arrière, observant un de ses locataires posé sur le sol de la volière.

-Qu'est-ce que tu as, Sam ? fit-il à l'oiseau blanc qui ne bougeait pas.

Ça ne faisait pas longtemps qu'il avait démarré son activité de colombophile et il se demanda avec un peu d'anxiété quelle erreur il avait pu faire. Peut-être que la nourriture n'était pas suffisamment adaptée aux besoins des pigeons ? Il avait pourtant potassé des manuels sur l'élevage de ces oiseaux, écouté les conseils d'un expert de la région et pris des notes pendant des semaines avant de se lancer. Ou alors Sam avait attrapé des microbes dans le pigeonnier nettoyé pourtant quotidiennement...La sonnerie du portable dans la poche de son blouson interrompit ses interrogations ;

-Ah bonjour Florence... Hum, hum... La deuxième semaine ? Je vais voir...

Il raccrocha après un : « Bon, d'accord » un peu contraint. Sa fille ne lui laissait pas vraiment le choix, Hugo viendrait passer la deuxième semaine de juillet chez lui. Il soupira en pensant aux courses qu'il allait devoir faire sans parler de tout le reste. Ramenant son regard vers la volière, il s'aperçut que Sam était maintenant perché à mi-hauteur à côté de Bijou, une belle pigeonne bleue de Gascogne. Enfin une bonne nouvelle ! Il entra dans la volière et commença à remplir les mangeoires d'un mélange de graines avant de nettoyer et remplir d'eau une petite bassine. Il rajouta du grit dans une coupelle et se réjouit de voir ses pensionnaires se précipiter sur la nourriture.

-Hugo, viens ici !

Le garçon aux cheveux roux ébouriffés ne répondit pas et continua à jouer au foot dans le jardin. Sa mère ouvrit la porte-fenêtre qui donnait sur la terrasse et le regarda taper dans le ballon avec énergie, il ne semblait jamais fatigué et avait du mal à rester tranquille plus de dix minutes. Le pédiatre avait diagnostiqué une hyperactivité associée à un trouble de l'attention quand Hugo avait quatre ans, depuis il avait suivi une thérapie comportementale et il allait mieux, mais son père le trouvait encore trop agité. Elle n'avait pas eu le courage d'assumer un deuxième enfant et avait demandé un temps partiel à son employeur pour s'occuper d'Hugo. Son mari avait accepté alors un poste mieux payé, mais beaucoup plus stressant ; quand il rentrait du travail, il ne supportait plus les débordements de son fils. Le couple avait décidé de passer une semaine de vacances en Italie pour tenter de se retrouver.

-Maman ?

-Viens, chéri.

Elle le fit asseoir devant un verre de coca et un cake à demi entamé.

-Tu sais que Papa et moi on part en vacances, alors tu vas aller chez Papi en Normandie.

Son fils se leva de sa chaise et fit d'un ton révolté :

-Non, j'irai pas !

-Mais tu l'aimes bien Papi Francis. Et puis il a des pigeons voyageurs maintenant.

Hugo secoua la tête en répétant qu'il n'irait pas puis courut jusqu'à sa chambre. Elle soupira, rajouta quelques gouttes d'extrait de fleurs dans le coca et installa le goûter sur un plateau. Quand elle entra dans la chambre, le garçon jouait avec sa voiture téléguidée, il ne leva pas la tête.

-Hugo, on ne peut pas t'emmener avec nous en Italie. Tu préfères aller chez Mamie Evelyne ?

Il haussa les épaules sans arrêter son jeu.

-Bon, tu choisis c'est Mamie Evelyne ou Papi, dit-elle avec fermeté.

Elle posa le plateau sur le bureau d'écolier et le laissa seul, espérant que les gouttes le calmeraient avant le dîner.

Francis laissa un message à son aide ménagère, il aurait besoin d'elle plus souvent pendant le séjour de son petit-fils et peut-être qu'elle accepterait aussi de faire un peu de cuisine. Il devait procéder à l'entraînement de quelques jeunes pigeons dans l'après-midi, il fallait donc les encager et les emmener à deux ou trois kilomètres de la maison ; il ne prit pas Sam finalement, décidant de le mettre dans le groupe de pigeons plus aguerris qu'il entraînerait le lendemain. Il s'arrêta dans une prairie et lâcha les oiseaux un par un, se réjouissant de les voir prendre la direction du pigeonnier sans hésitation. Arrivé chez lui, il remarqua que deux d'entre eux attendaient déjà, perchés sur le colombier. Un troisième pigeon arriva quelques secondes plus tard, mais il en manquait deux. L'éleveur les attendit en surveillant sa montre, au bout d'un quart d'heure il se sentit assez inquiet, la distance était courte et le temps idéal pour le vol, qu'est-ce qu'ils fabriquaient ? Il était vrai que ces deux-là restaient souvent ensemble, d'où leur surnom : les jumeaux. Il se remémora en un éclair tous les dangers qui pouvaient guetter ses chers pigeons, son esprit tentant de les écarter au fur et à mesure. Le ciel restait vide et Francis abandonna son poste pour aller boire une bière fraîche dans sa cuisine. En sortant nettoyer le sol du pigeonnier, il vit les deux retardataires installés sur le toit de la maison.

-Et bien, les jumeaux, où vous étiez passés ? Vous avez pris votre temps, hein ? leur fit-il en ouvrant la porte grillagée du colombier.

Après dîner, il sortit ses manuels de colombophile et se mit à relire un chapitre sur les premières sorties du pigeonnier, soulignant au crayon les passages clés. Puis ses yeux se posèrent sur un tableau représentant le bocage normand ; sa femme n'aimait pas cette peinture, elle préférait les paysages de Provence et le soleil brûlant du plein été. Elle était partie pour ouvrir une maison d'hôtes dans le Vaucluse juste après qu'il ait pris sa retraite et lui avait fait comprendre qu'elle voulait désormais profiter de la vie sans lui. Le choc avait été moins rude que prévu, elle lui avait laissé la maison après avoir hérité d'une belle somme au décès de sa mère. Il s'était habitué à vivre seul, sa fille avait été la plus touchée par leur séparation. Son petit-fils avait sept ans ou huit ans ? Il faudrait lui trouver des sorties adaptées à son âge, ce ne serait pas simple.

Hugo replongeait dans le même cauchemar pour la énième fois : le sifflement des bombes était insupportable, des gens couraient rejoindre les abris ; puis la rue déserte fut envahie de camions militaires, le bruit des bottes des soldats ennemis s'amplifia, il essaya de se cacher sous le porche d'un immeuble, mais la balle l'atteignit avant. Il poussa un cri puis tomba sur le côté. Sa mère, réveillée par le hurlement, courut dans la chambre de son fils, elle le berça dans ses bras et lui fit raconter son rêve, Hugo lui répéta qu'il était mort et pleura. Pourquoi son fils faisait-il ces cauchemars récurrents sur la guerre ? Le thérapeute n'avait pas l'air de trouver cela bizarre, il avait parlé de traumatismes qui passaient d'une génération à l'autre et pensait que c'était pour le garçon un moyen d'exprimer son mal-être actuel. Elle n'y croyait pas trop. Ni Mamie Evelyne, sa belle-mère, ni son père Francis n'avaient connu la guerre, c'était la génération d'avant et personne dans leur famille n'en avait parlé. Et puis les récits d'Hugo étaient détaillés et il lui avait affirmé plusieurs fois qu'il ne s'appelait pas Hugo, mais Armand, à l'époque son mari et elle s'en étaient amusés et avaient admiré l'imagination de leur fils. Ce dernier avait fini par oublier l'autre prénom et ne parlait plus de guerre sauf quand il faisait ces rêves terrifiants. Elle prépara le bol de céréales d'Hugo, c'était sa dernière journée d'école. Elle lui rappela qu'il allait bientôt chez son grand-père, mais il ne leva pas les yeux de son bol. Au bout d'une minute, il rompit le silence :

-Il a des pigeons Papi ?

-Oui. Il va t'expliquer comment il fait pour qu'ils rentrent au pigeonnier.

-Je sais déjà ! fit-il en haussant les épaules.

-Comment ça ? Tu connais les pigeons, toi ?

-Ben oui ! Je te l'ai dit.

Il se leva et mit son bol dans l'évier avant de sortir taper dans le ballon sur la pelouse. Elle démarra la voiture, Hugo y monta au dernier moment comme à son habitude. Pendant tout le trajet, elle se demanda si c'était une bonne idée de l'envoyer en Normandie.

-J'aime les pigeons, moi ! annonça le garçon avec un grand sourire, avant de descendre.

Il regarda sa montre une dernière fois. S'il voyait son petit-fils deux fois par an, il n'avait jamais eu l'occasion de passer plusieurs jours avec lui. Le gamin était gentil, mais fatigant pour son entourage et Francis se demandait avec un peu d'appréhension comment il allait pouvoir s'occuper de ses pigeons pendant son séjour. Le train entra en gare à l'heure prévue, Hugo fut le deuxième passager à apparaître sur le quai, accompagné par une jeune fille de la SNCF. Elle vérifia la carte d'identité de Francis avant de laisser le garçon, il essaya de faire parler Hugo qui répondait par monosyllabes, le visage fermé. Il lui proposa alors de s'arrêter en ville manger une glace, mais le petit secoua la tête en regardant droit devant lui.

-T'aimes pas les glaces ? dit Francis, surpris.

Hugo ne répondit pas et la fin du trajet se déroula dans un silence pénible. Une fois arrivé à la maison, le garçon se dirigea vers le pigeonnier sans un coup d'œil autour de lui. Francis attrapa le sac de voyage bleu et lui lança :

-Viens, on ira voir les pigeons après !

Le petit ne bougea pas, les yeux rivés sur la volière. Son grand-père posa le sac devant la porte et soupira avant de le rejoindre.

-Comment il s'appelle ? fit Hugo en désignant l'oiseau du doigt.

-Sam…Il est un peu fatigué en ce moment.

Le pigeon se rapprocha d'eux, suivi de Bijou. Le garçon sourit en les regardant. Il montra la pigeonne bleue et déclara :

-C'est sa copine !

Il ajouta :

-Sam est enrhumé.

-Quoi ?

-Il a le nez qui coule...

Francis le fixait, étonné ; le coryza était une maladie courante chez les pigeons, comment le petit le savait-il ? Hugo suivait du regard maintenant un des jumeaux perché sur la gauche. Puis il désigna l'autre jumeau au fond de la volière et dit :

-C'est son frère !

Son grand-père le regarda, bouche ouverte.

-Oui c'est vrai ! Tu t'y connais en pigeons ?

Hugo hocha la tête sans donner d'explication.

-On va leur donner à manger tout à l'heure. Je te montre la maison d'abord.

Le garçon le suivit et visita sa chambre, il fut ravi de constater que sa fenêtre donnait sur le pigeonnier. Il descendit l'escalier en courant pour rejoindre Francis dans le salon. Ce dernier était plongé dans un bouquin sur les maladies du pigeon et vérifiait les symptômes et les remèdes associés au coryza. Il était contrarié à l'idée d'emmener Sam chez le vétérinaire. Hugo s'assit sur le bras du fauteuil en regardant le livre et dit :

-Il faut donner des gouttes à Sam.

-Qu'est-ce que t'en sais ? répliqua Francis un peu sèchement

Le petit haussa les épaules et demanda s'il pouvait jouer au foot.

-J'ai pas de ballon de foot, mon gars.

Hugo remonta dans sa chambre et redescendit à toute vitesse avec son ballon. Son grand-père lui indiqua un grand espace derrière la maison et reprit sa lecture pendant que le garçon se défoulait sur l'herbe. Avant le dîner, ils allèrent nourrir les pigeons. Francis commença à expliquer les bases, mais Hugo s'était déjà emparé du sac de graines qu'il répartit équitablement dans les mangeoires, puis il vida les abreuvoirs et les nettoya avant de les remplir. Ses gestes précis, surtout pour un enfant de son âge, et son comportement calme épatèrent Francis. Ils travaillèrent silencieusement tous les deux puis Sam vint se poser sur l'épaule du garçon. Hugo sourit et le caressa.

-Tu vas l'entraîner demain ?

153

Francis fit non de la tête tout en admirant l'aisance du garçon. Ce dernier avait attrapé le pigeon avec douceur et examinait ses narines.

-T'as raison ! Il est encore enrhumé !

Quand ils eurent fini, Hugo resta un peu devant la volière, surveillant Sam puis s'adressa à lui :

-Bonne nuit Paddy !

La nuit fut calme, son grand-père qui avait laissé les portes des chambres ouvertes n'entendit pas Hugo, mais il avait le sommeil lourd. Le garçon était déjà dans la cuisine quand Francis descendit l'escalier.

-Eh ben, t'es matinal toi ! fit-il en sortant les bols.

-Quand est-ce qu'on entraîne les pigeons, Papi ?

-Cet après-midi.

Dès qu'Hugo eut fini son petit-déjeuner, il s'empara du ballon sous l'escalier et sortit voir les oiseaux. En se rasant, Francis repensait à l'extraordinaire talent du garçon : c'était un Mozart de la colombophilie pour apprendre aussi vite ! Cela le réjouissait, mais le mettait assez mal à l'aise. Il alla au colombier et vit arriver Hugo de derrière la maison. Pendant qu'ils les nourrissaient, Francis présenta tous les autres compagnons de Sam et son petit -fils retint immédiatement leurs noms.

-Paddy va mieux, déclara Hugo

-Tu veux dire Sam ?

-Non, il s'appelle Paddy, répliqua le petit, un peu énervé.

-Bon, comme tu veux… Il faut remettre du grit.

Hugo hocha la tête d'un air entendu. Ensuite, Francis l'emmena dans un parc équipé de jeux pour les enfants et le regarda s'amuser avec un enthousiasme débridé. Ce gosse, il n'est jamais fatigué, pourvu que son intérêt pour les pigeons persiste… se dit-il. Il lui fit signe de venir quand midi approcha et Hugo lui obéit sans protestation. Tout excité à l'idée d'entraîner les pigeons, il ne cessa pas de parler sur le chemin du retour.

-Tu veux de la salade ?

Le garçon fit une grimace de dégoût et se resservit des pommes de terre. L'aide ménagère avait préparé un bon petit plat et ils y firent honneur. Francis aurait bien fait une sieste après le déjeuner, mais Hugo ne tenait plus en place, il valait mieux sortir les pigeons en suivant. Tous les deux attrapèrent et encagèrent Bijou et trois autres pigeons pour les conduire à une dizaine de kilomètres de la maison. Francis laissa son petit-fils les lâcher un par un ; quand ce fut le tour de Bijou, Hugo murmura quelque chose à l'oiseau avant qu'il s'envole. Il regardait les pigeons dans le ciel, une expression de bonheur intense sur son visage d'enfant. De retour chez lui, Francis vit trois oiseaux perchés sur le pigeonnier, Bijou manquait à l'appel.

-T'inquiète pas, elle va arriver ! dit Hugo

Son grand-père ne répondit pas, préoccupé par le retard de Bijou.

-Elle est moins rapide, c'est pour ça, rajouta le garçon d'un ton assuré.

Au bout de cinq minutes, la pigeonne apparut et entra dans le colombier. Francis poussa un gros soupir de soulagement et s'installa dans son fauteuil pendant qu'Hugo retapait dans le ballon. La sonnerie du portable le réveilla, Florence l'appelait de Venise, il la rassura et se leva pour ramener Hugo qu'il ne trouva pas dans le jardin.

-Je te rappelle.

Francis sentait l'affolement le gagner, il chercha le garçon dans la maison puis de nouveau dans le jardin et entra finalement dans le pigeonnier. Le petit était assis par terre et tenait Sam dans ses mains, le pigeon respirait avec difficulté. Hugo leva des yeux humides vers Francis :

-Il est malade.

-On va chez le véto. Viens !

Il rappela sa fille pour lui dire ce qui se passait et promit qu'il donnerait des nouvelles dans la soirée. Il conduisit plus vite que d'habitude en priant pour que Sam tienne le coup. Hugo entre deux reniflements parlait au pigeon qu'il appelait toujours Paddy. Le vétérinaire les reçut rapidement, mais sembla assez pessimiste après l'examen de l'oiseau, il leur recommanda de le laisser au cabinet pour la nuit et de le recontacter le lendemain. Au retour Francis appela sa fille et lui passa Hugo, ce dernier répondit juste par oui et non aux questions de sa mère. Il aida ensuite Francis à nourrir les pigeons.

-Tu crois que Paddy va mourir, Papi ?

-J'espère que non. On va faire une prière pour lui ce soir.

Le garçon caressa Bijou qui s'était posée près de lui et déclara :

-Elle est inquiète.

Ils dînèrent en silence puis Francis sortit un vieil album de photos de famille.

-Tu veux voir la tête de tes ancêtres ?

Hugo fit une moue dubitative, mais vint regarder les photos au bout de quelques minutes.

-C'est qui ? dit-il soudain en posant un doigt sur le cliché d'un groupe d'hommes.

-Là c'est mon père André, à côté mon oncle Lucien et lui...

Il retourna la photo et lut l'inscription au dos.

-C'est Armand, un ami de mon oncle, je pense.

-Non, c'est moi ! s'exclama le garçon.

Francis leva les yeux et vit qu'Hugo était ébahi.

-Qu'est-ce que tu veux dire ?

-Armand, c'est moi ! Et Lucien je le connais ! dit farouchement le garçon.

-La journée a été difficile. C'est l'heure d'aller dormir, dit Francis en refermant l'album.

Hugo fronça les sourcils, contrarié.

-Tu me crois pas hein ? C'est vrai, je te dis !

Puis il monta bruyamment l'escalier pour rejoindre sa chambre. Francis, fatigué, s'endormit vite. Un cri de terreur le réveilla vers deux heures du matin, il se précipita dans la chambre du garçon qui dormait toujours et avait rejeté draps et couvertures dans son agitation. Il l'entendit appeler « Paddy ! » plusieurs fois. Le pauvre, il est inquiet pour son pigeon, pensa-t-il. Puis le garçon cria de nouveau et se réveilla en grelottant. Francis lui parla doucement, tentant de le calmer. Il remonta les couvertures sur le garçon avant de repartir vers sa chambre.

-Papi ! cria Hugo

Francis se rapprocha du garçon.

-Je suis mort !

-C'était juste un rêve.

-On m'a tiré dessus. Là, fit-il en montrant le côté gauche de son cou où apparaissait une tâche de naissance.

-T'étais où ?

-À Caen dans la rue.

-C'était à quelle époque ?

-Pendant la guerre.

Puis Hugo donna quelques détails supplémentaires et dit que Paddy avait été tué par un rapace. Francis était très intrigué, mais il avait envie de se recoucher.

-Tu me crois ?

-Oui. On verra ça demain. Rendors-toi, mon gars.

Francis eut une insomnie pour la première fois de sa vie. Il se demandait ce qui arrivait à son petit-fils et pensait aussi au pigeon, priant pour que tout s'arrange. Deux heures plus tard il envisageait sérieusement l'hypothèse de la réincarnation. Il descendit au salon prendre son smartphone et fit une recherche, il se rendit compte alors que d'autres enfants avaient eu la même expérience que Hugo. À cinq heures, il se rendormit dans son fauteuil et le garçon le réveilla en cherchant les bols dans le placard.

-Ça va ? demanda Francis

-Oui. Pourquoi tu dors dans le fauteuil ?

-J'arrivais pas à dormir dans le lit. Et toi ? Tu as fait d'autres cauchemars ?

Hugo secoua la tête, surpris. Il ne se souvient de rien, se dit Francis qui n'insista pas.

-Bon, on va appeler le véto.

Il s'avéra que Paddy était sorti d'affaire et ils allèrent le chercher le matin même. Le vétérinaire donna des gouttes pour l'oiseau et le garçon fit un petit sourire à son grand-père qui signifiait ; « Tu vois, je te l'avais dit ». Francis hésita à appeler sa fille, il ne voulait pas l'inquiéter inutilement. Elle ne lui avait jamais parlé des histoires de Hugo, peut-être que c'était juste un enchaînement de coïncidences, mais quand même tous ces détails sur la guerre et son incroyable aisance avec les pigeons le turlupinaient. Il y avait un copain de son père et de son oncle en maison de retraite à Caen, ils pourraient aller le voir et vérifier les informations du garçon. Il espérait que le vieux Maurice serait encore en vie et assez lucide malgré ses quatre-vingt-dix-sept ans. Ça faisait longtemps qu'il ne lui avait pas rendu visite. Il décrocha le téléphone.

Ils suivirent un long couloir blanc, l'aide-soignante entra dans la chambre en premier. Elle leur avait confié que Maurice avait de l'Alzeihmer et qu'il ne marchait pratiquement plus.

-Vous avez de la visite, Monsieur Lambert ! dit-elle joyeusement.

Le vieillard recroquevillé dans son fauteuil n'eut aucune réaction.

-Il a entendu ? fit Francis.

-Oui, il a ses prothèses auditives ! lança la femme avant de sortir.

Francis s'approcha de Maurice et lui dit qu'il était le fils d'André. Le vieil homme eut l'air un peu perdu et détourna le regard pour le porter sur l'enfant. Ce dernier se mit contre le fauteuil et le regarda un moment dans les yeux avant de dire :

-Salut, Momo !

Cette entrée en matière fit réagir Maurice qui se redressa sur son fauteuil, le regard plus vif.

-T'es qui toi ?

-Je suis Hugo, mais avant je m'appelais Armand.

Francis baissa la tête, consterné. Il espérait que Maurice avait le cœur solide.

-Armand ? Mais il est mort !

-Oui. C'était mon autre vie, affirma Hugo sans détourner les yeux.

Il ajouta en montrant sa tâche de naissance :

-Regarde, c'est là que j'ai été touché !

Maurice ne parut pas choqué par la déclaration du garçon. La mémoire de son lointain passé fut relancée d'un coup.

-Armand, il était résistant ! Il envoyait des messages en Angleterre avec ses pigeons voyageurs…C'était un gars courageux…Les Boches ont fait une rafle et il a été abattu dans la rue…Il avait un pigeon qu'il aimait beaucoup, comment il s'appelait ?

-Paddy, répondit Hugo.

-C'est ça ! Il a été attaqué par un faucon en plein vol, pendant qu'il portait des informations importantes aux Alliés. Un faucon entraîné par les Boches à tuer les pigeons voyageurs ! Armand est mort juste après…

Il hocha la tête tristement et Hugo posa une main sur son épaule. Maurice continua à égrener ses souvenirs, encouragé par le garçon. Francis se taisait, convaincu maintenant que son petit fils avait dit la vérité. Il tendit la main vers le carton de petits fours qu'ils avaient porté et en offrit à l'ami de son oncle qui mit un peu de temps à choisir.

-C'est les financiers que tu préfères, hein Momo ? fit le garçon.

Le vieil homme sourit en acquiesçant. Hugo prit sur la table de nuit la photo encadrée d'une jolie femme et s'exclama :

-C'est Yvonne !

-On s'est mariés après la guerre. On a regretté que tu sois pas là pour la cérémonie.

Hugo approuva, le visage sérieux. Maurice montra le tiroir de la table et le garçon en sortit une boîte en carton ; Francis les regarda commenter chaque photo et rigoler devant certaines.

-C'est André avant son mariage avec Suzanne. Celle-là… fit le nonagénaire.

-Oui et voilà son fils ! interrompit Hugo en montrant son grand-père.

Maurice leva la tête et jeta un coup d'œil surpris à Francis.

-Ah, t'es le fils d'André ?

Il n'attendit pas la réponse et se replongea dans l'examen des photos. Son regard était joyeux maintenant, Hugo de son côté ne semblait pas pressé de partir.

-On va y aller, dit Francis, un peu timidement.

Le vieil homme et Hugo levèrent la tête en même temps.

-Oui, il faut nourrir les pigeons.

Maurice se tourna vers le garçon.

161

-Ah ! T'as toujours des pigeons alors ?

Hugo hocha la tête et promit qu'il reviendrait le voir bientôt. Puis il demanda où était enterré Armand.

-Au cimetière Saint…Saint Gabriel. Tu reviendras, hein ?

Le vent avait fait tomber quelques pots de fleurs sur les tombes ; Francis arpentait une allée, espérant que ce serait la bonne, Hugo le suivait, portant une petite plante qu'il avait lui-même choisie. Ils s'arrêtèrent devant une croix en pierre sous laquelle était gravée l'inscription : « Armand Badré. 1920-1944 ». Le garçon posa le pot sous la croix et le lesta avec un gros caillou. Ils restèrent silencieux un moment puis Hugo éclata en sanglots et Francis s'accroupit pour le prendre dans ses bras. Le garçon pleura de longues minutes et quand il fut plus calme, son grand-père lui dit doucement :

-Il faut dire adieu à ton ancienne vie, mon gars. Tu n'oublieras pas Armand, mais toi tu t'appelles Hugo, tu as toute la vie devant toi et plein de belles choses à faire.

Après dîner, le garçon passa du temps avec les pigeons et avec Paddy en particulier.

-Papi, tu crois que les pigeons se rincarnent aussi ?

-Se ré-incarnent, rectifia Francis. Je ne sais pas, mais si ça arrive aux humains, pourquoi ça arriverait pas aux pigeons ?

Hugo lui sourit et tous deux quittèrent le pigeonnier sous les derniers rayons du soleil dans le ciel orangé.

Table des matières

Du même auteur :

Billie, nouvelles du paranormal, PG COM Editions, 2013

Remerciements :

A mes parents Claude et Lucette qui ont encouragé mon amour pour les animaux et mon désir d'écrire.

A mes grands parents Augusta et Lucien qui m'ont permis de grandir au contact de leurs chiens Youki et Dolly.

A ma sœur Martine Otayek, passionnée des chats, qui m'a particulièrement soutenue dans l'écriture de ce recueil.

A mes chiens partis de l'autre côté : Igloo, Milou et China qui m'ont appris que la télépathie est une capacité normale pour les animaux et pour les humains.

A mes amis qui m'ont toujours soutenue et encouragée : Coco, Françoise, Jacques, Josette, Fabienne, Jean-Pierre, Florence, Nathalie, Daniel et à ma voisine Michèle.

A Yves Lignon, mon guide sur le chemin des phénomènes dits paranormaux. Merci de votre précieux soutien.

A François Ranky et Jacques Mandorla, spécialisés dans l'étude du paranormal, dont l'accueil chaleureux de mon premier livre m'a incitée à écrire ce recueil.

A mon éditrice Patricia Galoisy, toujours à l'écoute de ses auteurs, grâce à qui le rêve d'être éditée est devenu réalité.

Dépôt légal décembre 2019

PGCOM Editions Route Inthatarteak 64480 Ustaritz

www.ingramcontent.com/pod-product-compliance
Lightning Source LLC
Chambersburg PA
CBHW030550030726
47495CB00004B/1203